L'héritier

CAITLIN CREWS

L'héritier d'Ilonia

Traduction française de
EMMANUELLE DETAVERNIER

AZUR

HARLEQUIN

Collection : Azur

Titre original :
A SECRET HEIR TO SECURE HIS THRONE

HARPERCOLLINS FRANCE
83-85, boulevard Vincent-Auriol, 75646 PARIS CEDEX 13
Service Clients — www.harlequin.fr
ISBN 978-2-2804-9901-9 — ISSN 0993-4448

Édité par HarperCollins France.
Composition et mise en pages Nord Compo.
Imprimé en mars 2024 par CPI Black Print (Barcelone)
en utilisant 100% d'électricité renouvelable.
Dépôt légal : avril 2024.

FSC www.fsc.org
MIXTE
Papier issu de sources responsables
FSC® C159065

Pour limiter l'empreinte environnementale de ses livres, HarperCollins France s'engage à n'utiliser que du papier fabriqué à partir de bois provenant de forêts gérées durablement et de manière responsable.

1

Madelyn Jones retint un soupir. Vraiment, elle n'avait pas besoin qu'on lui rappelle qu'il fallait toujours assumer les conséquences de ses actes. Elle le faisait déjà depuis six ans. N'avait-elle pas assez payé pour une erreur de jugement commise pendant ses études ?

Avec le temps, elle avait d'ailleurs appris à ne plus se poser de questions inutiles. La réalité était déjà bien assez compliquée sans s'embarrasser de « et si... ? » qui ne servaient qu'à alimenter son anxiété ainsi que ses regrets. Non, il valait mieux relever les défis lancés par la vie sans s'appesantir sur le passé.

À force de volonté et de travail, elle avait même réussi à se construire une existence confortable. Ce n'était certes pas le quotidien dont elle avait rêvé enfant, mais c'était le sien et elle était fière du chemin parcouru.

Et voilà que l'univers se faisait une joie de lui rappeler que rien n'était jamais gagné et que tout ce qu'elle avait construit pouvait s'écrouler en un claquement de doigts.

Pour peu, elle aurait pu éclater de rire bien que la situation soit loin d'être amusante. Au contraire, elle lui semblait désespérée.

Installée à l'arrière d'un SUV blindé qui montait le flanc d'une montagne dans la région la plus isolée du royaume d'Ilonia, elle s'efforçait de garder son calme.

Lorsque l'on parlait de ce royaume insulaire, des images de plages de sable blanc, de cocktails aux couleurs vives, agrémentés de fruits frais et dégustés sous un cocotier ou un palmier face à une eau chaude et turquoise miroitant sous les rayons d'un soleil étincelant réchauffant la peau et le cœur s'imposaient immédiatement à l'esprit, mais la réalité était tout autre.

Le royaume d'Ilonia était un archipel situé au large de la côte de la péninsule Ibérique, au nord-est des Açores. Sa capitale abritait un port, l'aéroport où elle avait atterri un peu plus tôt, des bâtiments multicolores ainsi que le palais royal, installé sur la plus haute colline de l'île.

L'endroit ne ressemblait pas aux Caraïbes dont elle avait souvent rêvé au cours d'hivers particulièrement rigoureux, mais elle lui avait néanmoins trouvé un certain charme. Elle ne pouvait pas en dire autant de l'île sur laquelle elle se trouvait en ce moment.

Accessible uniquement par un ferry dont les trajets étaient hautement contrôlés ou par jet privé, l'île était devenue un refuge royal fait de hautes montagnes verdoyantes couvertes de jungles luxuriantes, de cratères volcaniques et d'étonnants massifs d'hortensia bleus.

Ils se trouvaient sur la plus haute montagne d'Ilonia, ce qui en termes pratiques signifiait qu'ils n'étaient pas encore prêts à atteindre le sommet, et qu'il faisait froid.

La température était pourtant supérieure à celle à laquelle elle était habituée dans son petit village à proximité du lac Tahoe, une région préservée, nichée entre la Californie et le Nevada, alors couverte d'un manteau blanc laissé par la plus récente tempête de neige qui n'était d'ailleurs sans doute pas la dernière, car elles duraient d'ordinaire jusqu'au mois de juin.

Les bourrasques glaciales qui s'abattirent soudain sur la voiture la firent néanmoins frissonner de froid et d'inquiétude.

— Vous avez reçu l'autorisation d'approcher l'Hermitage, mademoiselle Jones, annonça la femme installée à son côté.

L'espace d'un instant, Madelyn envisagea de lui ordonner de la ramener à la capitale, mais elle renonça rapidement. Il ne servait à rien de lutter. Elle l'avait déjà compris. Il était trop tard pour revenir en arrière. Elle n'avait plus le choix.

— Quelle chance ! murmura-t-elle d'un ton sarcastique.

Ce n'était pas parce qu'elle s'était résignée à son sort qu'elle ne pouvait pas manifester sa mauvaise humeur.

Angelique Silvestri dont la chevelure argentée sembla soudain étinceler se contenta d'un sourire malicieux.

C'était le même que celui qu'elle lui avait adressé quand elle s'était présentée à la porte de la petite demeure qu'elle partageait avec sa tante Corinne, entourée d'hommes habillés de noir. Celui qui n'avait pas vacillé une seconde durant leurs différentes interactions ou tout au long du voyage qui lui avait fait traverser la moitié du globe pour se retrouver au sommet de cette immense montagne.

— Vous avez donné votre accord, lui rappela calmement Angelique.

— Je me rappelle les choses différemment, contra-t-elle en plissant les yeux. Il ne me semble pas avoir eu le choix. C'était ni plus ni moins que du chantage.

Loin de s'offenser de ses propos, Angelique se contenta d'attendre en gardant le silence.

Vaincue, Madelyn ne chercha pas à retenir son soupir. Elle n'était plus aussi naïve qu'autrefois. Elle avait mûri et appris à ne pas se lancer dans un combat qui risquait de la desservir.

— Mais ce qui est fait est fait, reprit-elle en secouant la tête. D'après vous, combien de personnes sont mortes en glissant sur ce minuscule sentier avant de basculer dans le vide ?

Angelique Silvestri était une ministre ilonienne. Responsable de quoi ? Madelyn l'ignorait et s'en moquait complètement. Il fallait cependant lui reconnaître un talent : elle était douée pour donner l'impression qu'elle occupait une place très importante au sein du royaume.

— Peu de roturiers ont reçu l'autorisation de débarquer

sur cette île, mademoiselle. Ceux qui ont ce privilège sont conscients de l'honneur qui leur a été accordé et se comportent en conséquence. Il vous suffit de remonter le sentier et d'entrer dans l'Hermitage. Je suis certaine qu'une jeune femme aussi débrouillarde que vous devrait y arriver, conclut-elle avec un sourire.

Madelyn préféra garder le silence. L'un des autres talents d'Angelique Silvestri était de faire des remarques cinglantes tout en se montrant aimable comme si elle voulait laisser son interlocuteur décider s'il devait ou non se sentir insulté. Faisait-elle référence à son emploi comme serveuse dans l'un des hôtels chics de Tahoe ? Ou à son refus de demander de l'aide au cours de ces six dernières années ? Il était impossible de le savoir.

L'adjectif qu'elle avait choisi ne semblait pourtant pas être un compliment. Et sa façon de lui rappeler qu'elle n'était qu'une roturière n'était pas non plus très agréable, mais que pouvait-elle faire, à part garder le silence ? Elle n'avait rien à gagner à se lancer dans une joute verbale avec une ministre ilonienne alors qu'elle avait accepté de l'accompagner jusqu'ici. Il était trop tard pour tourner les talons sous prétexte que la situation était plus effrayante qu'elle ne l'avait imaginé au départ.

Inspirant profondément pour se donner du courage, elle ouvrit la portière du SUV et lutta un instant contre le vent pour se redresser.

Frissonnant légèrement, elle mit sa capuche, une barrière bien dérisoire contre le froid l'environnant.

— Il faut parfois se contenter de peu, se dit-elle.

Sans un regard en arrière, elle s'engagea sur le chemin qui n'était en fait qu'un sentier tracé dans la roche et qui montait de façon abrupte. Si le SUV l'avait déposée sur un plateau relativement plat, l'ascension vers le sommet s'annonçait complexe.

Elle avait profité du vol pour étudier des clichés de l'Hermitage, une véritable forteresse érigée des siècles auparavant pour un roi ilonien.

Construite à même la roche, elle avait résisté à l'usure du temps et était réputée pour la lumière la faisant étinceler comme un phare dans la nuit guidant l'ensemble de l'archipel lorsqu'un membre de la famille royale y prenait résidence. Ou plutôt comme l'ego démesuré de l'homme qui s'y était réfugié...

Son cœur se mit soudain à battre la chamade, et elle s'efforça de se calmer. Il ne servait à rien de s'inquiéter de ce qui l'attendait au sommet pour l'instant. Il valait mieux se concentrer sur ce qui s'annonçait comme une véritable randonnée au milieu d'une nature hostile.

Le vent redoubla d'intensité la faisant vaciller, mais elle refusa de se pencher en avant pour échapper à sa morsure.

Elle n'avait pas eu d'autre choix que de suivre Angelique Silvestri mais n'avait pas perdu sa fierté pour autant. Elle avait travaillé trop dur pour y renoncer aussi facilement d'autant que chaque pas la rapprochait un peu plus de l'une des raisons qui l'avaient forcée à se battre aussi durement.

Se mordant la lèvre, elle secoua la tête tandis que des souvenirs enfouis au plus profond de son cœur remontaient à la surface.

Elle détestait pourtant songer à ses dernières semaines à Cambridge. Le ciel bleu et ensoleillé inhabituel pour la saison, les journées qui n'en finissaient plus et les soirées qui paraissaient s'allonger à l'infini... Et surtout elle refusait de se rappeler ces nuits torrides qui avaient bouleversé son existence tout entière.

Il lui suffisait de fermer les yeux pour entendre son rire résonner ou se rappeler cette étincelle qui s'allumait dans son regard émeraude qui prenait des reflets turquoise selon son humeur.

Las, le souvenir le plus vivace était aussi plus amer. Son vol censé la ramener aux États-Unis ayant été annulé à la dernière minute, elle avait décidé de prendre le train pour Cambridge.

À l'époque, elle était tellement certaine qu'il serait heureux de la voir qu'elle n'avait pas hésité une seconde avant de prendre sa décision. Si seulement elle avait pris le temps de réfléchir, elle ne se serait pas couverte de ridicule…

Elle n'avait pas été surprise de découvrir une foule d'inconnus s'amusant et discutant un verre à la main. Ce n'était pas la première fête et sûrement pas la dernière qui aurait lieu dans la demeure privée où il résidait.

Se frayant un chemin parmi les invités, elle avait gravi l'escalier, le cœur battant d'excitation et un grand sourire aux lèvres. Apercevant son garde qu'elle avait appris à connaître, et considérait même comme un ami, son sourire s'était encore élargi avant de se figer comme il l'avait empêchée d'avancer. Pire encore, non seulement, il lui avait barré l'accès à sa chambre, mais il l'avait fait, le regard chargé de pitié.

Elle connaissait la raison de sa présence auprès du prince, et savait exactement quel était son rôle, mais il lui avait néanmoins fallu plusieurs minutes avant de réaliser pourquoi il la traitait de cette façon.

Aujourd'hui encore, elle ne pouvait retenir une grimace en songeant à ces instants.

— Idiote, murmura-t-elle en pressant le pas. Comment ai-je pu être aussi stupide ?

Cela dit, ces souvenirs douloureux avaient au moins un avantage : elle était trop préoccupée par le passé pour quitter le sentier du regard, plonger les yeux dans le vide et imaginer sa chute dans les ténèbres si elle trébuchait.

Au bord des larmes, elle avait fini par tourner les talons pour se trouver nez à nez avec l'une de ses séduisantes connaissances qui semblait ne jamais le quitter.

Avec le recul, elle avait compris qu'Annabel, une jeune femme issue de la noblesse qui passait son temps à s'amuser, avait fait preuve de fausse sympathie pour se rapprocher d'elle et se faire passer pour son amie.

« Ma chérie, avait susurré Annabel, tu as l'air effondrée. Je l'avais pourtant prévenu que tu n'avais pas beaucoup d'expérience, mais il ne m'a pas écoutée. Il a toujours été négligent. Personne ne lui a jamais appris qu'il ne faut pas casser ses jouets quand on n'en veut plus. »

Le plus amusant était que lorsqu'elle avait regagné Londres pour passer une nuit glaciale dans le terminal d'Heathrow, elle s'était convaincue que sa conversation avec cette garce d'Annabel avait été le pire moment de son existence alors que ce n'était qu'un avant-goût de l'enfer qui l'attendait.

Secouant la tête, Madelyn accéléra encore. Elle voulait en finir avec ce froid, cette grêle, et faire ce pour quoi elle était là avant de retrouver Angelique pour lui annoncer qu'elle avait échoué et retourner à sa routine.

Elle n'avait de toute façon pas le choix. Exactement comme dans la vie, la seule décision possible était d'avancer.

La jeune femme qui était ressortie de la maison de Cambridge, le cœur brisé et la démarche incertaine était naïve et idiote. Une chose avait changé depuis : elle était devenue plus forte.

En quelques secondes, elle avait perdu tout ce qui comptait pour elle. Un immense incendie avait tout ravagé, ne laissant qu'une terre aride et désolée dont elle avait pourtant réussi à s'élever tel un phœnix renaissant de ses cendres.

À présent, elle se rendait compte que ce feu ne l'avait pas détruite, il l'avait forgée, faisant d'elle la femme qu'elle était aujourd'hui. Elle n'avait pas à s'inquiéter. Cette montagne et ce sentier escarpé n'étaient en fait que de simples débris bientôt emportés par le vent et oubliés pour toujours.

Levant la tête, elle étudia l'Hermitage.

La forteresse était encore plus impressionnante maintenant qu'elle la voyait de près. De loin, elle semblait flotter à flanc de montagne mais, à présent, les marques laissées par les artisans de l’époque étaient bien visibles. Ils avaient véritablement taillé la roche pour créer cette étrange construction au caractère impitoyable.

Comme elle approchait, elle avisa une arche en pierre ainsi qu’un portail qui semblait tout droit sortir du Moyen-Âge.

Plissant les yeux, elle chercha quelque chose : une poignée, une sonnette ou même une cloche afin d’annoncer sa présence à l’occupant des lieux même si une part d’elle-même espérait ne rien trouver.

Elle s’imaginait déjà expliquant à Angelique qu’elle avait fait de son mieux, mais qu’elle n’avait même pas réussi à entrer et qu’il valait donc mieux la raccompagner chez elle et laisser le roi d’Ilonia régler ses affaires sans elle.

De meilleure humeur, elle fit encore quelques pas avant de se figer. Une petite porte était ouverte comme pour mieux l’inviter à entrer.

Poussant un juron, Madelyn en franchit le seuil et s’arrêta en voyant qu’elle était toujours à l’extérieur.

Un léger mouvement attira soudain son attention, et elle tourna la tête. Son cœur se mit aussitôt à battre la chamade. C’était lui !

Madelyn eut soudain du mal à respirer. Elle s’était crue prête à l’affronter, mais le revoir en personne après toutes ces années était infiniment plus compliqué que ce qu’elle s’était imaginé. La blessure qu’elle pensait cicatrisée venait de se rouvrir, lui donnant envie de hurler et de fuir au plus vite, mais elle ne pouvait pas se permettre de faire preuve de faiblesse en sa présence. Elle n’avait d’ailleurs rien à craindre. Elle lui avait survécu une fois, elle pouvait le refaire.

Se redressant légèrement, elle l’observa en silence.

Vêtu de noir de la tête aux pieds, il émanait de lui une impression menaçante qui n’entamait en rien sa beauté virile.

Il portait un pantalon cargo qui moulait ses cuisses musclées ainsi qu’une paire de bottes de combat, l’uniforme parfait d’un guerrier projetant de conquérir la forteresse dans laquelle ils se trouvaient. Son T-shirt mettait quant à lui son torse aux muscles bien dessinés en valeur.

Lorsqu'ils s'étaient rencontrés, sa beauté presque sauvage lui avait coupé le souffle. Et elle n'était pas la seule. Personne ne semblait capable de détourner son regard de lui d'autant que sa chevelure blonde le faisait ressembler à un héros des temps anciens.

Ses cheveux étaient plus courts, à présent, et plus sombres malgré des reflets dorés. Ils lui conféraient un air plus sévère, plus ténébreux qu'autrefois.

Pour une raison inconnue, sa peau se mit à la picoter et un étrange sentiment de malaise la saisit. Le revoir n'aurait pas dû la perturber autant. Que se passait-il ?

Fronçant les sourcils, elle comprit soudain pourquoi elle était aussi troublée. Il ne souriait pas… contrairement aux souvenirs qu'elle avait gardés de lui.

Sa bouche formait un pli sévère qui n'entamait en rien sa sensualité farouche mais lui donnait plus de profondeur et de force.

Il avait toujours été parfaitement conscient de sa beauté et de son charme et s'amusait de l'effet qu'il avait sur les femmes et les hommes qui croisaient son chemin. Combinés à son charisme naturel et à une intelligence redoutable, son visage aux traits harmonieux et son corps sexy en devenaient presque l'arme ultime. Hélas, il n'y avait plus la moindre étincelle amusée dans son regard. Il semblait différent, plus acerbe et amer qu'autrefois comme si les années l'avaient endurci. L'homme qui hantait ses souvenirs était plus indolent. Il était l'incarnation physique du plaisir sexuel, capable de rendre n'importe quel geste incroyablement érotique.

Celui qui lui faisait face aujourd'hui n'avait plus rien de commun avec cet homme-là à une exception près. Son aura virile éveillait en elle des sensations oubliées. Non seulement sa peau la démangeait, mais il y avait également cette lave brûlante au creux de son ventre qui semblait se propager dans le restant de son corps.

Elle n'aurait pas dû être surprise. Il en avait toujours été ainsi avec lui. C'était sa malédiction.

Même plus jeune, elle s'était toujours efforcée de se montrer raisonnable en toutes circonstances. Contrairement à certaines de ses amies, elle n'avait jamais été fascinée par les étudiants issus de familles prestigieuses ou fortunées qui formaient l'élite de Cambridge. Elle était fière de ses origines modestes et ne poursuivait qu'un seul but : obtenir l'approbation de ses parents et faire une belle carrière digne des sacrifices qu'ils avaient consentis pour elle.

Le hasard l'avait pourtant amenée à passer la soirée dans un *pub* fréquenté par de riches héritiers et héritières. Madelyn les avait observés avec le même intérêt poli qu'elle aurait manifesté pour des animaux exotiques exhibés dans un zoo, mais l'un d'eux avait croisé son regard, et sa vie avait basculé.

Elle s'était trouvé un véritable prince, exactement comme ses amies l'avaient prédit, un sourire aux lèvres, quand elle leur avait annoncé qu'elle partait étudier en Angleterre. Et malheureusement pour elle, il s'était servi de son charme irrésistible pour pousser la jeune fille studieuse et sérieuse qu'elle était alors à dépasser ses propres limites. Il lui arrivait d'ailleurs parfois de se demander comment il avait réussi ce miracle. Pas aujourd'hui, car la réponse était évidente.

Il ne souriait toujours pas, et sa démarche semblait bien plus menaçante qu'autrefois. Il ressemblait davantage à un fauve prêt à fondre sur sa proie qu'à l'homme qui l'avait transformée mais, malgré tout, il y avait quelque chose en lui qui lui faisait oublier qu'ils se trouvaient au sommet d'une forteresse située au beau milieu de nulle part. Il n'y avait plus que lui, une présence implacable, indomptable, irrésistible…

Il s'avançait comme s'il était le centre de l'univers… Non, comme si celui-ci avait été créé dans le seul but de l'accueillir en son sein.

Son attention était entièrement focalisée sur elle comme s'ils étaient seuls au monde, la faisant paniquer. Peu importait que plusieurs années se soient écoulées ou qu'il se soit endurci, il était toujours Paris Apollo d'Ilonia, l'homme qui avait bouleversé le cours de son existence.

Se redressant légèrement, elle se força à affronter son regard comme il s'arrêtait juste devant elle.

— Je dois reconnaître que je suis intrigué, déclara-t-il d'une voix qui la fit frissonner de plaisir.

Elle se rappelait son timbre viril et profond. Chaque inflexion se répercutait en elle, se transformant en coulée de lave incandescente parcourant son corps, la faisant fondre.

— Je n'arrive pas à comprendre pourquoi après m'avoir envoyé des dizaines d'émissaires ayant tous échoué à éveiller mon intérêt ou me convaincre de les suivre, leur choix s'est porté sur une femme comme vous portant des chaussures bon marché.

Madelyn se força à ne pas ciller ni réagir à sa provocation malgré sa colère. Elle brûlait pourtant de lui avouer qu'elle portait sa paire la plus chère. Contrairement à lui, elle ne pouvait pas se permettre de dépenser son salaire en produit de luxe. Elle était obligée de faire des économies si elle voulait survivre.

— Aucune réponse ? s'étonna-t-il d'un ton autoritaire qui la surprit mais qui n'avait en fait rien d'étonnant compte tenu des circonstances.

Paris Apollo était roi à présent. Il n'était plus le prince qu'elle connaissait. Il était monté sur le trône à la mort de ses parents deux ans plus tôt.

— Ils ne m'ont certainement pas envoyé une partenaire sexuelle, continua-t-il, nullement ennuyé par son silence. Si c'était le cas, ils n'auraient pas choisi une femme aussi pâle, banale et manquant cruellement de prestance.

Madelyn ouvrit la bouche mais la referma aussitôt. Il se

montrait ouvertement insultant à présent, dans l'espoir sans doute, de se débarrasser d'elle au plus vite.

— J'ai traversé la moitié du globe et escaladé une montagne inhospitalière, dit-elle enfin. Vous avez de la chance que mon apparence ne soit pas plus négligée.

— Il me semble que quelqu'un a commis une terrible erreur de jugement, déclara-t-il comme si elle n'avait rien dit.

Se rapprochant, il se pencha comme pour mieux étudier son visage.

— Le problème ne vient pas de votre apparence, mais plutôt de ce mélange de parfum d'innocence et d'accent américain. Ils auraient dû vous prévenir que j'aime que mes maîtresses soient des femmes sophistiquées.

Reculant, il lui adressa un geste désinvolte de la main comme pour lui indiquer qu'il valait mieux qu'elle s'en aille au plus vite.

Madelyn écarquilla les yeux, constatant que la situation était bien plus complexe qu'elle ne se l'était imaginée. Comment aurait-elle pu envisager un instant qu'il ne se souvienne pas d'elle ?

— Vous ne savez pas qui je suis ?

Il s'arrêta avant de demander :

— Je devrais ?

Une myriade de réponses lui vint aussitôt à l'esprit, mais elle pinça les lèvres. Inutile de le nier, sous la colère et la surprise de se voir traiter ainsi, il y avait également une douleur sourde qui lui serrait le cœur.

Son souvenir la hantait quotidiennement, quoi qu'elle fasse ou dise. Elle avait tout tenté pour l'oublier, en vain. Elle craignait d'ailleurs leurs retrouvailles, mais elle n'avait jamais envisagé qu'il ne se rappelle pas les instants qu'ils avaient partagés. Elle n'était d'ailleurs pas certaine de pouvoir le croire tant cette idée lui était inconcevable. Elle brûlait de lui rappeler qui elle était et, surtout, qui elle avait été pour lui. Elle se refusa pourtant à le faire.

S'il ne se souvenait pas d'elle, elle n'avait aucun moyen de l'influencer de quelque façon que ce soit. Et si elle ne possédait aucun moyen de pression comme l'espérait Angelique Silvestri, elle n'avait plus aucune raison de rester. Elle pouvait tourner les talons et rentrer chez elle.

À cette idée, une étrange sensation la saisit comme si un courant électrique lui parcourait le corps. Une puissante mélopée pulsait en elle, accompagnant les battements de son cœur. C'était sans doute le soulagement, rien de plus...

— Ces commentaires seraient-ils une excuse pour cacher un cas d'amnésie royale ? demanda-t-elle, sarcastique.

C'était plus fort qu'elle, elle n'avait pas pu s'en empêcher.

Ses yeux d'un vert pâle formant un contraste saisissant avec sa peau sombre se posèrent de nouveau sur elle. Ses cils étaient plus longs que dans son souvenir, et même s'il était aussi séduisant qu'autrefois, il était évident qu'il n'était plus l'homme qu'elle avait connu. Elle en avait eu l'intuition depuis l'instant où sa haute silhouette était apparue dans l'escalier mais, à présent, elle en avait confirmation.

Il était différent, comme s'il avait passé ces dernières années à se débarrasser de tout sentiment ou geste superflu. Il n'y avait plus qu'un être froid doté d'une volonté à toute épreuve tenant davantage du guerrier expérimenté que du monarque.

— Serait-ce la rumeur du moment ? demanda-t-il doucement. Racontent-ils que je ne suis pas capable d'assumer ma charge au palais ? C'est pour cela que vous êtes là ? Pour vous en assurer ? Si c'est le cas, ils ont fait un excellent choix. Vous avez l'air à la fois parfaitement rationnelle et raisonnable. Il y a également ce petit air d'innocence dont j'ai déjà parlé. Vraiment, vous êtes parfaite. Je vous vois déjà donner des interviews décrivant ce pauvre Paris Apollo, tellement diminué qu'il est incapable de faire son devoir comme tout le monde s'y attendait étant donné sa jeunesse dissolue. Vous avez ma bénédiction pour leur dire ce que vous voulez, conclut-il en haussant les épaules.

— Je suppose que ça veut dire non. Si vous ne souffrez d'aucune maladie et que vous n'avez pas reçu de coup sur la tête, dois-je en conclure que vous ne vous souvenez absolument pas de moi ? l'interrogea-t-elle en plongeant son regard dans le sien. Vous ne savez pas qui je suis ?

— Je n'ai jamais aimé les tests, affirma-t-il d'une voix qui la ramena des années en arrière.

C'était un mélange de morgue et d'impassibilité avec une étonnante pointe d'humour qui contribuait à son image de pire prince héritier d'Europe comme aimaient à l'écrire les journaux à scandale.

— Y aurait-il une raison pour laquelle je devrais me souvenir de vous ?

À ces mots, quelque chose sembla se briser en elle ne laissant qu'un vide vertigineux qui ne demandait qu'à l'engloutir.

— Non, pas la moindre.

Elle ne pouvait pas se permettre de se mettre en colère ou de l'insulter. Céder à la tentation serait la preuve irréfutable qu'elle était toujours cette jeune fille naïve, paralysée devant la porte de sa chambre, incapable d'admettre qu'il était passé à autre chose alors qu'elle n'avait même pas encore quitté le pays, incapable de reconnaître la terrible vérité : leur relation n'était qu'une liaison sans importance à ses yeux. Elle ne représentait rien pour lui.

Lui fournir des preuves de leur passé commun n'avait également aucun sens, car une part d'elle avait compris depuis longtemps déjà qu'il n'était pas l'homme qu'elle s'était imaginé. Elle ne le connaissait pas, ne l'avait même jamais connu. Il n'était qu'une illusion qu'elle avait construite et qu'il avait entretenue jusqu'à son départ.

La vie qu'elle menait aujourd'hui était très différente de celle dont elle rêvait enfant mais c'était sa vie, et elle l'aimait, aussi difficile soit-elle. Elle s'était battue pour elle et n'avait aucune intention d'y renoncer, surtout pas pour lui.

Ce n'était pas sa faute que la sienne soit un véritable désastre parce que son gouvernement préférait jouer à des jeux cruels au lieu d'agir pour le bien d'un pays dont le roi semblait se moquer. Cette situation ne la regardait pas. Elle n'avait rien à voir avec elle.

— Non, répéta-t-elle d'une voix plus ferme. Si vous ne savez pas qui je suis, je n'ai plus rien à faire ici. Je vous souhaite une excellente... retraite.

Tournant les talons, elle se dirigea vers la porte. Il était temps de quitter cet enfer avant que son passé ne la rattrape.

2

Madelyn Jones était un choix inspiré. Il était bien forcé de le reconnaître même s'il n'en avait aucune envie.

Retenant un juron, il se passa la main dans les cheveux. Comment en était-il arrivé là ? Comment avait-il pu devenir roi ? Il avait encore du mal à y croire.

Chaque matin, il se réveillait, le cœur brûlant de rage contenue. Il n'aurait jamais dû le devenir aussi rapidement et surtout pas dans ces circonstances.

Cela faisait près de deux ans qu'il était monté sur le trône, et sa colère n'avait fait qu'enfler, menaçant de l'engloutir et de le rendre fou. Quant à sa douleur, elle ne s'était pas atténuée malgré le temps et ses efforts. Elle faisait partie de lui à présent et lui était devenue aussi essentielle que l'air entrant dans ses poumons ou le sang coulant dans ses veines. Elle n'était pourtant rien comparée au désir de vengeance qui consumait chaque fibre de son être. Ce n'était pourtant pas le moment de songer au meurtre de ses parents ni de réfléchir au plan qu'il s'efforçait de mettre au point depuis son arrivée à la forteresse.

La femme que ses ministres lui avaient envoyée – la dernière d'une longue liste de vaines tentatives pour le pousser à quitter sa retraite à grands coups de courbes affriolantes ou de regards enjôleurs – était sans doute la seule qu'il aurait préféré ne jamais revoir.

Elle était la femme qui avait failli le détruire à l'époque où il avait décidé de profiter de l'existence et des plaisirs qu'elle offrait avant de rentrer pour accomplir son devoir, celle qui avait presque réussi à le détourner de la vie de débauché qu'il avait décidé de mener avant de la rencontrer.

Heureusement, une alliée inattendue lui avait évité de commettre l'erreur d'une vie. Elle lui avait expliqué en détail la situation dans laquelle il se trouvait : il était un prince destiné à devenir roi un jour qui rêvait en secret de vivre le même conte de fées que ses parents, et l'objet de son affection était une jeune américaine étudiant à l'étranger.

Aujourd'hui encore, il se souvenait des paroles d'Annabel :

« Elle finira par rentrer chez elle et se vantera d'avoir eu une liaison avec un prince durant son séjour en Angleterre. »

Il n'avait aucune raison de douter de ses propos. Madelyn et elle étaient rapidement devenues amies.

« C'est comme ça qu'elle parle de votre relation quand tu n'es pas là. À toi de décider, bien sûr, mais as-tu vraiment l'intention de bouleverser ton existence pour une fille qui te considère comme un amant de passage ? »

Son intervention avait été comme une douche froide, un rappel cruel qu'il s'était fourvoyé. Comment avait-il pu croire qu'il pourrait suivre l'exemple de ses parents alors qu'au fond de lui il avait toujours su qu'il était différent d'eux ? Les hommes comme lui n'avaient pas le droit de vivre de véritables histoires d'amour. Ils ne méritaient pas d'être aimés.

À l'époque, sa naïveté et son manque de lucidité l'avaient rendu malade, mais aujourd'hui c'était l'homme pathétique qu'il était alors ainsi que tout ce qu'il avait fait pour oublier la femme qui venait de resurgir dans sa vie qui le dégoûtaient.

Il avait collectionné les conquêtes et s'était adonné à tous les excès dans l'espoir de tourner la page et de tirer un trait sur celle qui l'avait abandonné sans un regard en arrière. Elle n'avait même pas cherché à le contacter prouvant qu'Annabel lui avait dit la vérité, aussi cruelle soit-elle.

Il n'avait jamais imaginé revoir Madelyn un jour, ce qui lui convenait parfaitement. Et s'il lui était arrivé de penser à elle, il se la représentait menant une vie agréable, racontant des anecdotes sur sa jeunesse débridée. Il ne s'était d'ailleurs pas gêné pour que ses nombreuses liaisons fassent la une des tabloïds afin de lui rappeler qu'il n'avait pas besoin d'elle et qu'il ne regrettait pas qu'elle l'ait quitté.

Il était en bonne voie de l'oublier lorsque ses parents étaient morts et que son univers s'était écroulé. Et à présent leur ancienne liaison n'avait plus aucune importance. Il avait un devoir à accomplir et de nouvelles responsabilités à assumer, et il ne pouvait plus se permettre de s'appesantir sur le passé. D'autant qu'il avait déjà perdu trop de temps à le faire.

Pour autant, il fallait bien admettre qu'il était curieux. Pourquoi Madelyn avait-elle décidé de le rejoindre ? Sa présence n'avait aucun sens.

— Attendez !

Loin de s'arrêter, elle continua à s'éloigner d'un pas décidé. Elle ne semblait même pas nerveuse ou inquiète à l'idée de le mettre en colère ou de lui déplaire, et sa réaction le surprit. Parmi les femmes qui l'avaient précédée, aucune n'avait osé désobéir à ses ordres, et il avait dû en menacer certaines pour les forcer à partir.

— Je vous ai ordonné de vous arrêter !

Il n'avait pas élevé la voix, mais son ton était à la fois sec et autoritaire. Autrefois, il aurait sans doute regretté d'avoir autant changé et d'être devenu comme ces hommes qu'il avait toujours détestés et méprisés, ceux qui lui semblaient tellement ennuyeux quand il était jeune et ignorait les épreuves qui l'attendaient.

— Vous avez dit que vous ne vous souveniez pas de moi, déclara-t-elle en se retournant et en croisant les bras.

Son geste lui rappela d'autant plus qu'elle n'avait pas l'habitude de se soumettre à qui que ce soit, un trait de caractère qu'il n'avait pas manqué d'admirer autrefois.

— Et je tiens à préciser que je ne suis pas l'un de vos sujets. Je n'ai pas à vous obéir. Vous n'êtes pas mon supérieur.

— Il doit pourtant y avoir une raison à votre présence sans quoi ils ne vous auraient jamais conduite ici.

Visiblement vexée par ses paroles, Madelyn se raidit.

D'ordinaire, la majorité des femmes cherchaient par tous les moyens à attirer son attention ou à se rapprocher de lui, mais elle semblait pressée de partir. Pourtant, bien qu'elle l'ait quitté sans la moindre hésitation six ans plus tôt, elle l'avait désiré autant qu'il l'avait désirée de toute son âme et de tout son être... Non, ce n'était pas vrai. Il avait été le seul à lui offrir son âme. Madelyn ne s'intéressait qu'à son corps.

— Dites-moi, lequel de mes ministres a mis au point ce plan ridicule ?

En guise de réponse, Madelyn lui lança un regard assassin qui l'amusa.

Il cherchait à la mettre en colère, car une part de lui voulait se venger de la façon dont elle l'avait traité. Une autre, plus agaçante, souhaitait profiter de l'occasion qui lui était offerte pour se prouver qu'il avait définitivement tourné la page... alors qu'il n'en était rien. Il le savait au plus profond de lui. Ces six années n'avaient rien changé.

— Je miserais sur Angelique...

De nouveau, Madelyn resta silencieuse, mais elle pinça les lèvres, prouvant qu'il avait raison. Ses yeux furent aussitôt attirés par sa bouche sensuelle.

Madelyn avait toujours été incroyablement belle. Sa peau diaphane combinée à son visage aux traits fins et innocents attirait tous les regards. Et les années écoulées n'avaient en rien entamé sa beauté. Au contraire...

Elle était une flamme dangereuse et fascinante, illuminant le monde de ténèbres dans lequel il évoluait depuis qu'elle l'avait quitté. Il avait cru mourir quand elle était partie, pourtant la vie avait continué. Le soleil se levait toujours chaque matin, mais sa lumière lui avait semblé bien pâle comparée à l'éclat de Madelyn.

Furieux contre lui-même, il serra les poings. Six ans s'étaient écoulés. Il était censé avoir tourné la page, mais il n'en était rien. Elle lui faisait toujours autant d'effets.

Penchant la tête, il l'étudia dans l'espoir de découvrir la raison de son obsession, car c'était là le terme adéquat pour décrire ce qu'il ressentait en ce moment.

Sa longue chevelure blonde était décoiffée comme si elle y avait passé la main à de nombreuses reprises. Quant à ses yeux d'un gris ensorcelant, ils le contemplaient avec méfiance et colère.

Elle était plus mince que dans son souvenir, et la tenue qu'elle avait choisie pour le rencontrer ne la mettait pas particulièrement en valeur. Pour peu, il aurait pu croire qu'elle avait enfilé les premiers vêtements trouvés dans son placard.

Madelyn n'avait jamais été une femme sophistiquée. Elle semblait se moquer de son apparence physique. C'était sa simplicité et son honnêteté qui l'avaient séduit tout autant que sa beauté. Elle avait ce petit quelque chose d'indéfinissable qui la rendait bien plus attirante et fascinante que toutes les femmes qu'il avait rencontrées. Telle une créature enchanteresse aux yeux semblables à un ciel d'orage et aux jambes interminables, elle avait été comme un souffle d'air frais dans son existence.

Avisant la tournure que prenaient ses pensées, Paris Apollo fronça les sourcils. Ce n'était pas le moment de songer à cela. Madelyn faisait partie du passé.

Pour autant, il ne pouvait pas se permettre d'oublier que ce qu'il avait cru voir en elle à l'époque n'existait pas et n'avait jamais existé.

— Je sais que vous n'êtes pas ici pour me tenter, reprit-il à voix basse. Ce n'est pas ainsi que fonctionne Angelique. Mais alors pourquoi êtes-vous là ?

— Pour quelle raison quelqu'un prendrait la peine de gravir

cette montagne pour venir vous voir ? demanda-t-elle avec mépris au lieu de répondre.

Paris Apollo haussa les sourcils. C'était la première fois que quiconque osait s'adresser à lui de cette façon. Même durant sa jeunesse, lorsqu'il menait une vie dissolue, personne n'oubliait qu'il était le prince héritier d'Ilonia. Il n'aurait jamais permis à quiconque de lui manquer de respect.

— Je sais que d'autres ont été envoyés ici avant moi, poursuivit-elle en relevant le menton comme pour mieux le défier, et qu'ils ont tous échoué. Personne ne m'a demandé mon avis mais, si vous êtes aussi décidé à rester caché dans cette forteresse, je ne vois aucune objection à vous laisser faire. Le monde a sûrement besoin d'un richissime et puissant héritier poursuivant une quête personnelle en causant le plus de désagréments possibles à son entourage…

À ces mots, une étrange émotion le saisit, et il lui fallut plusieurs minutes pour comprendre qu'il était sur le point d'éclater de rire, mais pas d'un rire sardonique ou amer. Non, il était sincèrement amusé, ce qui ne lui était plus arrivé depuis des mois.

S'efforçant de garder son sérieux, il rétorqua :

— Nous sommes au royaume d'Ilonia.

— Et moi qui me croyais à Londres ! Cela dit, le décor est plus sauvage que dans mon souvenir.

— Vous êtes américaine, n'est-ce pas ? s'enquit-il d'un ton léger. Votre confusion est parfaitement compréhensible. Les Américains ont une connaissance plutôt limitée du reste du monde.

— Ils ont aussi des positions bien tranchées sur l'utilité de la monarchie.

De nouveau, Paris Apollo manqua rire aux éclats. Madelyn avait toujours eu le don de l'amuser mais, s'il ne cherchait jamais à lui cacher ses émotions autrefois, la situation avait changé.

— C'est une tradition ilonienne. Lorsque le roi décède, son

successeur se retire de la vie publique pour un an par respect pour son prédécesseur, expliqua-t-il. Ces quelques mois permettent également au nouveau monarque de parfaire son éducation à l'écart des regards indiscrets. Cette procédure s'applique également au décès de la reine. Vous ignorez sans doute que le roi et la reine sont tous deux décédés, continua-t-il d'un ton plus sec. Une retraite de deux ans est une réponse parfaitement acceptable face à une telle situation, quoi qu'en pensent mes ministres.

Madelyn ouvrit la bouche et la referma aussitôt avant de tourner la tête.

— Je suis navrée, Paris Apollo. Il est facile de parler de la royauté quand ce n'est qu'un concept abstrait, mais il s'agit de vos parents. Je ne peux pas imaginer ce que vous devez ressentir, ajouta-t-elle d'une voix douce.

Serrant les poings, il refusa d'écouter cette part de lui qui lui enjoignait de croire en sa sincérité. Madelyn n'était qu'un pion dans la stratégie mise en place par ses ministres pour le pousser à faire ce qu'ils attendaient de lui.

— Je ne souhaite pas que vous puissiez l'imaginer. Je n'ai pas la moindre envie que quiconque en soit capable.

Parce qu'il n'en avait pas besoin. Il l'avait vécu et il avait transformé ses sentiments pour en faire des armes dont il se servirait quand le moment serait venu.

À l'instar de cette forteresse qui était à la fois un refuge et une base stratégique, ses émotions aussi douloureuses soient-elles allaient lui permettre de se venger. Les coupables recevraient leur juste punition, de ses mains si nécessaire. Il lui fallait simplement être patient.

— Je n'ai pas besoin de vos condoléances, grogna-t-il, irrité.

Ses yeux gris s'assombrirent aussitôt comme elle s'apprêtait à répliquer. Il ne lui en laissa pas le temps.

— Tout ce que je souhaite est qu'on me laisse seul durant la période de deuil traditionnellement accordée à tout monarque ilonien. Je ne crois pas en demander beaucoup, et pourtant vous êtes là. La dernière en date d'une longue liste de tentatives infructueuses de me ramener au palais sans se soucier de nos coutumes...

Madelyn croisa les bras, et son regard lui sembla encore plus sombre qu'auparavant.

Malgré lui, sa réaction le perturba. Pourquoi s'attendait-il à ce qu'elle se montre franche et ouverte à la discussion alors qu'elle lui avait menti durant des mois ? La vérité était là : il ne connaissait pas Madelyn, ne l'avait jamais connue. La femme qui lui faisait face était une étrangère. Il ne pouvait pas l'oublier et se devait donc de la traiter comme telle.

— D'après ce que j'ai cru comprendre, vos deux années sont terminées, finit-elle par dire. Ou plutôt, elles sont sur le point de s'achever. Si vous ne faites pas une apparition publique d'ici trois jours, votre absence causera une crise constitutionnelle et votre cousin, l'Honorable Lord Konos, montera sur le trône à votre place.

— Il n'y a rien d'honorable chez Lord Konos, grogna-t-il.

— Je ne suis pas experte en politique ilonienne, je me contente de répéter ce que l'on m'a dit. Apparemment, vous n'êtes pas le seul à penser que Lord Konos ne devrait pas monter sur le trône.

Paris Apollo serra les poings mais resta silencieux. Il était hors de question que son salaud de cousin devienne roi. Il lui faudrait le tuer pour prendre sa place, un acte que ce dernier était sans doute prêt à commettre sans la moindre hésitation.

Les deux années qui venaient de s'écouler lui avaient permis de se préparer à affronter Konos pour lui faire payer les crimes qu'il avait commis. Contrairement à ce que semblaient penser Madelyn et ses ministres, le temps n'était pas encore venu d'agir.

— Le trône n'est pas en danger, assura-t-il d'une voix ferme. Je l'ai déjà expliqué à Angelique et au reste de mes ministres. L'Hermitage est ancien, mais je vous promets qu'il est très bien connecté au reste du monde ainsi qu'à mon pays. Je suis parfaitement au courant de ce qui se passe en Ilonia ainsi que des préoccupations de mon peuple. Je n'ai pas abandonné mes citoyens ni négligé mes responsabilités. Ce n'est pas parce que j'ai quitté le palais que j'ai renoncé à accomplir mon devoir, conclut-il en plongeant son regard dans le sien.

Trop tard, il comprit qu'il venait de se justifier devant Madelyn Jones, la femme qui l'avait quitté sans la moindre hésitation et qui avait failli faire la même chose quelques minutes plus tôt comme s'il n'était pas roi, comme si elle avait encore tout pouvoir sur lui.

Irrité contre lui-même, il plissa les yeux pour l'étudier. Il ignorait toujours pourquoi elle était là et surtout pourquoi Angelique Silvestri s'était imaginé qu'une des nombreuses femmes avec qui il avait couché autrefois pouvait le convaincre de l'écouter. Ça n'avait vraiment aucun sens.

— Merveilleux, rétorqua Madelyn d'un ton sarcastique. À présent que cette question est réglée, je vais pouvoir quitter cette montagne, rassurer vos amis et rentrer chez moi.

— Je ne crois pas, non, déclara-t-il en secouant la tête.

Angelique était une femme à la fois extrêmement intelligente et efficace. Ses actes ainsi que ses paroles étaient toujours mûrement réfléchis. Il était hors de question de laisser Madelyn s'en aller avant d'avoir découvert la raison de sa présence à l'Hermitage.

Madelyn fronça aussitôt les sourcils.

— Il y a quelques minutes à peine, vous sembliez très pressé de vous débarrasser de moi. Je n'étais pas assez sophistiquée pour éveiller votre intérêt, lui rappela-t-elle froidement. Et à présent, vous avez changé d'avis ?

— Les rois ne changent jamais d'avis, mais vous ne pouvez pas le savoir. Vous venez d'un pays peuplé de parvenus et d'arrivistes.

— Merci pour la leçon d'histoire, dit-elle d'une voix posée malgré la lueur d'insolence brûlant dans son regard. Malheureusement, on dirait que le temps va encore se dégrader. Le chemin va rapidement devenir glissant. Il vaut donc mieux que j'y aille.

— Ça n'a aucun sens...

S'approchant, il l'observa tout en traçant un cercle autour d'elle.

— Il est impossible qu'Angelique Silvestri ait agi de façon irréfléchie. C'est une femme trop intelligente pour cela. Elle doit sûrement avoir une bonne raison pour vous avoir envoyée ici.

— Je l'aurais plutôt qualifiée de femme cruelle, égoïste et impassible, répliqua Madelyn avec un mépris évident.

— Ces adjectifs lui correspondent également, reconnut-il en haussant les épaules, mais elle a sûrement un objectif en tête.

Il continua de l'étudier avec attention, déterminé à découvrir la vérité.

Malgré lui, son regard se posa sur sa chevelure décoiffée et sa tenue négligée. On aurait dit qu'elle souhaitait le convaincre qu'elle se moquait de ce qu'il pensait d'elle. C'était la seule explication possible, la seule qu'il pouvait accepter, car envisager que cela soit réellement lui était insoutenable.

Refusant de s'interroger sur ce qu'il ressentait, il reprit :

— Angelique veut que je quitte cette montagne et que je regagne le palais afin de montrer au reste du royaume que rien n'a changé et qu'elle a toujours les faveurs du souverain en place. Elle ne vous aurait jamais envoyée ici pour me séduire. Non, elle l'a fait parce qu'elle pense que vous êtes la seule capable de me convaincre de l'écouter, ajouta-t-il en se frottant le menton. Une seule question demeure : pourquoi ? Pourquoi vous croit-elle capable d'accomplir un tel miracle.

— Je n'en ai pas la moindre idée, répondit-elle en soutenant son regard.

Son instinct lui soufflait que Madelyn ne mentait pas et il se trompait rarement. Enfin, pratiquement jamais sauf lorsqu'il s'agissait d'elle.

Malgré lui, le passé lui revint en mémoire, et il retomba dans le silence.

Près de deux ans après le décès de ses parents, Paris Apollo n'arrivait toujours pas à comprendre comment la situation avait pu changer aussi rapidement. Ce n'était pas ainsi que les choses étaient censées se passer. Son père et sa mère étaient tous deux en excellente santé. Ils avaient encore de nombreuses années à vivre et auraient dû rester sur le trône plusieurs décennies encore.

Il s'attendait d'ailleurs à détenir un jour le record du plus long règne en tant que prince héritier d'Europe, car son père était devenu roi à peine trois jours après son dix-neuvième anniversaire et avait annoncé son intention de n'abdiquer que lorsqu'il aurait quatre-vingt-dix-neuf ans. Et tout le monde s'accordait à dire que le roi Aether était un homme de parole.

Pensant avoir l'éternité devant lui, Paris Apollo avait perdu du temps. Il ne s'était pas impliqué dans les affaires du royaume et ne s'inquiétait pas de ne pas se comporter comme un futur monarque. Il avait seulement tenté de réconforter son père en lui rappelant qu'Ilonia était une petite île. Et si sa population était inférieure à celle de n'importe quel autre royaume d'Europe, elle soutenait sa monarchie.

« Tu t'inquiètes trop, lui avait-il dit. Le nombre de personnes que mon comportement pourrait décevoir ou blesser est assez limité, après tout. »

« Tu n'es pas aussi drôle que tu sembles le penser », avait répondu son père.

Il avait pourtant éclaté de rire parce qu'il aimait profondément son fils. Et sa mère l'aimait également. Il était leur fierté, leur enfant chéri et leur petit miracle.

« Ton père est mon âme sœur, disait souvent la reine Neme. Et je suis la sienne. Nous sommes heureux et nous l'étions déjà avant ta naissance. Nous avions fait la paix avec le fait que nous n'aurions jamais d'enfant et que notre lignée s'éteindrait avec nous. Et puis tu es arrivé, mon chéri, et tu nous as prouvé combien nous avions tort. Tu continues d'ailleurs à nous le prouver chaque jour. »

Ses parents lui avaient toujours tout pardonné et lui avaient donné l'impression que ses concitoyens en feraient de même, car il était le seul héritier du royaume. Et parce que tous étaient convaincus qu'il aurait le temps de grandir et de mûrir pour devenir un roi digne d'eux, exactement comme l'avait été son père.

Pourtant, si Paris Apollo s'était toujours senti aimé, il y avait une chose qu'il n'avait jamais pu avouer à ses parents. Il ne croyait pas à l'amour et ne pensait pas rencontrer un jour son âme sœur. S'il avait gardé le silence, c'était uniquement pour ne pas leur briser le cœur, car ils souhaitaient tous les deux que leur fils vive une histoire d'amour aussi belle et merveilleuse que la leur.

Sa rencontre avec Madelyn avait failli le faire changer d'avis. Il avait même commencé à croire sincèrement que ses parents avaient raison les quelques semaines – un peu moins de deux mois – qu'avait duré sa liaison avec la jeune femme.

Las, elle lui avait rapidement fait comprendre combien il avait été idiot de croire en un tel fantasme. L'amour n'était qu'une illusion ou au mieux un éclair frappant au hasard, et Paris Apollo n'était pas homme à être touché par le tonnerre. Un jour prochain, il lui faudrait accomplir son devoir et se trouver une épouse. Il n'y aurait ni coup de foudre ni tornade d'émotions.

Plissant les yeux, il observa Madelyn qui le contemplait avec méfiance.

Il avait perdu son temps avec elle, et il était trop tard pour revenir en arrière. Elle l'avait bernée et ridiculisée, mais leur rupture lui avait fait gagner en maturité. Après son départ, il avait collectionné les conquêtes, attirant au passage l'attention de la presse à scandale. Ces liaisons passagères lui avaient permis d'affûter son instinct et d'apprendre à mieux cerner les gens qui gravitaient autour de lui.

Là où la majorité des héritiers de familles royales grandissaient dans des palais, entourés de conseillers, de domestiques ou de courtisans entraînés à les flatter et à éviter de les froisser ou de les mettre en colère, il pouvait au moins se targuer de vivre dans le monde réel. Il était donc parfaitement capable de faire le tri entre ceux qui l'approchaient pour se servir de lui et ceux qui étaient sincères.

Ce n'était sans doute qu'une piètre consolation après le calvaire que Madelyn lui avait fait endurer, mais il devait s'en contenter. Ce talent s'il pouvait l'appeler ainsi lui avait été très utile récemment et il l'était tout autant aujourd'hui, car si Madelyn n'avait pas menti, elle ne lui avait pas non plus dit toute la vérité…

— Vous semblez convaincue que vous n'avez rien à faire ici, mais je crois que vous savez pourquoi Angelique a tant insisté pour vous faire venir. Je me trompe ?

Madelyn resta impassible, et son absence de réaction l'ennuya.

Autrefois, il lui aurait suffi d'un regard pour deviner ce qu'elle ressentait. Il était capable de lire chacune de ses pensées dans ses magnifiques yeux gris mais, à présent, elles lui étaient interdites.

Malgré lui, une étrange émotion le saisit, et il serra les poings. Pourquoi était-il déçu alors qu'il avait perdu bien davantage depuis ? Madelyn appartenait à son passé, un passé qu'il avait décidé d'oublier. Peu importait qu'elle refuse de s'ouvrir à lui à présent.

— Elle a dû penser que vous me reconnaîtriez ou peut-être espérait-elle que ce soit le cas.

Madelyn s'évertuait à parler d'un ton léger, mais il n'était pas dupe. Elle lui cachait quelque chose.

— Quoi qu'il en soit, elle s'est trompée. Vous n'avez pas la moindre idée de qui je suis.

— C'est étrange, mais chaque fois que vous prononcez ces mots, j'ai l'impression que je devrais vous reconnaître… Quel est votre nom ? s'enquit-il en penchant la tête.

Madelyn lui lança un regard assassin, mais il se força à attendre en silence.

Elle était furieuse, c'était évident. Non, c'était plus profond et puissant que de la colère, comme si une immense tempête se préparait, mais il s'en moquait.

Depuis son installation à la forteresse, il avait passé près de deux ans, seul, à apprivoiser le silence et à découvrir comment faire la paix avec son passé. Les émotions qui l'avaient longtemps torturé lui avaient permis d'évoluer et de devenir l'arme parfaite pour affronter le sombre futur qui l'attendait. Seule sa vengeance comptait à présent.

L'arrivée de Madelyn avait non seulement perturbé ses projets, mais elle lui avait également rappelé des souvenirs qu'il pensait avoir oubliés. Une part de lui dont il avait cru à tort s'être débarrassé venait de s'éveiller. Il n'avait pourtant ni l'envie ni le loisir de redevenir l'homme brisé qu'il était lorsqu'il avait mis le pied sur cette île deux ans plus tôt.

— Madelyn, répondit-elle enfin d'une voix glaciale.

De nouveau, elle lui lança un regard noir comme si elle lui en voulait profondément.

— Madelyn Jones.

Malgré lui, ces mots résonnèrent comme les paroles d'une mélodie oubliée, le perturbant profondément.

— Je connais ce nom.

— Mon nom de famille est Jones. C'est un patronyme très courant, ajouta-t-elle avec un mépris évident.

— Auriez-vous quelque chose à me reprocher ? l'interrogea-t-il en affichant un sourire.

Le même que deux ans plus tôt lorsque seule la recherche de son plaisir personnel l'intéressait. Comme s'il n'était qu'un bon à rien paresseux, qui n'avait aucun objectif ni aucune ambition.

— Si c'est le cas, je me dois de vous avertir que vous n'arriverez jamais à me vexer. Je ne connais pas la honte.

Madelyn se mordit les lèvres, et il eut soudain l'impression qu'il venait de lui donner exactement ce qu'elle voulait. Il était évident qu'elle n'avait pas une bonne image de lui, et ses paroles semblaient lui avoir prouvé qu'elle avait raison. Autrefois, il aurait été amusé et même ravi de sa réaction, du moins en apparence. Une part de lui qu'il avait toujours préféré ignorer, même lorsqu'il croyait encore qu'elle tenait sincèrement à lui, avait toujours voulu l'impressionner.

Irrité par la tournure que prenaient ses pensées, il se passa la main dans les cheveux.

Le moment était peut-être venu de quitter l'Hermitage en fin de compte. Pas parce que son cousin ou une ordure comme lui tentait de lui voler son trône, ni même parce que ses ministres craignaient que le pays sombre dans une crise constitutionnelle sans précédent, mais simplement parce qu'il l'avait décidé. Et peut-être aussi parce que Madelyn Jones avait débarqué de nulle part pour raviver un passé qu'il croyait avoir oublié.

— Je n'ai pas besoin de vous connaître personnellement pour savoir que vous n'avez honte de rien, déclara-t-elle sans réussir à le vexer.

Il ne pouvait pas lui donner tort.

— Je ne vis pas dans une grotte, Paris Apollo. Même dans les régions les plus reculées des États-Unis, vos exploits font régulièrement la une de la presse. Il en est ainsi depuis que vous êtes né !

— Certaines personnes regrettent leur célébrité, surtout lorsqu'elle leur a été imposée, fit-il remarquer en l'observant avec attention.

La femme qui lui faisait face aurait aussi bien pu être une étrangère. Elle n'avait plus rien de commun avec celle qu'il connaissait autrefois.

— Je n'ai jamais été l'une d'entre elles.

— Je ne crois pas que vous devriez vous en vanter, rétorqua-t-elle, sarcastique.

— Madelyn Jones, une étrange Américaine envoyée à

l'Hermitage par Angelique Silvestri en personne alors que je n'ai jamais mis le pied aux États-Unis. Le mystère reste entier...

— Je suis désolée que ma présence vous intrigue à ce point, mais je dois vous avouer que je me pose les mêmes questions que vous. Ce n'est pas moi qui ai eu l'idée de venir jusqu'ici, continua-t-elle d'un air hautain. Vous avez parfaitement le droit de faire votre deuil de la façon qui vous convient le mieux.

— Angelique est une manipulatrice hors pair, reprit-il comme si elle n'avait rien dit. Elle doit avoir une bonne raison de vous avoir envoyée ici.

— Peut-être, concéda-t-elle, mais ça ne signifie pas que je la connais.

— Et pourtant, je pense que c'est le cas, murmura-t-il presque pour lui-même.

Il avait envie de combler la distance qui les séparait pour la toucher.

Furieux contre lui-même, il serra les poings. Ce n'était pas le moment de se laisser distraire.

— Pourquoi ne commencez-vous pas par me parler de cette raison ?

Elle soupira et une mèche de cheveux blonds lui balaya le visage.

De nouveau, il eut envie de tendre la main et de passer les doigts dans sa chevelure dorée. C'était une véritable torture !

Madelyn sembla hésiter un instant comme si elle craignait de répondre à sa question, et sa réaction le mit mal à l'aise. Elle n'aurait jamais agi ainsi autrefois.

— Je suis incapable de dire ce qu'elle a en tête, finit-elle par avouer. C'est une femme très difficile à comprendre.

— Mais ?

— Mais...

Elle s'interrompit un instant comme si elle cherchait à se calmer avant de planter son regard dans le sien et de relever le menton.

— Je suppose que c'est à cause de Troy.

— Troy, répéta-t-il d'un ton morne. Comme le mythe ? l'interrogea-t-il froidement. Devrais-je vous voir comme une personnification du cheval de Troie ? C'est pour ça que vous êtes là ? Pour détruire ma forteresse depuis l'intérieur ?

— D'une certaine façon, oui.

Elle pinça les lèvres comme si elle retenait une grimace, et il fronça les sourcils. Elle lui cachait quelque chose, c'était évident, mais il n'était plus aussi certain de vouloir découvrir de quoi il s'agissait.

La femme qui lui faisait face n'était pas celle qu'il avait connue autrefois. Elle avait changé, devenant plus froide et impassible, mais l'expression de son visage n'était pas pour le rassurer. Au contraire.

Il aurait peut-être mieux valu la laisser partir quand elle avait tourné les talons quelques minutes plus tôt. À présent, il était trop tard.

— Troy est mon fils.

À ces mots, une étrange émotion l'envahit. Pour une raison inconnue, l'imaginer porter l'enfant d'un autre homme alors qu'il n'avait pas réussi à oublier son visage ou son corps lui était insupportable.

— Pourquoi l'un des ministres les plus respectés d'Ilonia s'intéresserait à un enfant dont la mère est américaine ? Et pourquoi me l'aurait-elle envoyée ?

— Elle s'intéressait davantage au père de mon fils.

— Qui est cet homme ?

L'expression du visage de Madelyn lui soufflait que le sujet était sans doute plus important que ce qu'il croyait.

Malgré lui, son rythme cardiaque s'accéléra comme il réfléchissait à la question.

Il y avait la réticence évidente de Madelyn à répondre à ses questions ainsi que l'étrange décision d'Angelique d'inviter la mère d'un enfant dont il n'avait jamais entendu parler dans la forteresse royale. Elle n'avait qu'une seule raison d'agir ainsi...

— Vous ! grogna-t-il. Vous êtes la mère de mon fils ?

3

La dernière chose dont Madelyn avait envie était de lui parler de Troy.

Cependant, aussi têtue soit-elle – et elle avait parfaitement conscience de l'être sans quoi elle aurait tenté de contacter ses parents afin de faire la paix avec eux après la naissance de Troy au lieu d'imaginer diverses façons de se venger –, elle se targuait de ne pas être complètement idiote. Même si elle gardait le silence, Paris Apollo finirait par découvrir tout ce qu'il avait envie de savoir à propos de son fils. Elle était d'ailleurs surprise qu'Angelique Silvestri ne lui ait pas déjà envoyé un dossier. À moins qu'elle ne l'ait fait et que toute cette conversation ne soit en fait qu'un test...

Même si c'était le cas, il valait sans doute mieux accéder à sa demande et lui fournir les informations qu'il désirait au lieu d'attendre qu'il lui force la main d'une façon ou d'une autre. C'était peut-être son unique chance de prendre l'avantage sur lui. Pour autant, sa réaction ainsi que le ton de sa voix lui portaient sur les nerfs.

— Je n'arrive pas à décider si vous êtes furieux d'avoir découvert que vous avez un fils ou si vous l'êtes parce que je suis sa mère, dit-elle d'une voix posée malgré son cœur qui battait la chamade.

Il semblait d'ailleurs sur le point de bondir hors de sa

poitrine. C'était étonnant que Paris Apollo ne l'entende pas alors qu'il n'était qu'à quelques centimètres d'elle.

— Comment pouvez-vous me reprocher ma réaction quand je n'ai comme choix qu'accepter l'inacceptable ou envisager l'impossible ? l'interrogea-t-il, ses yeux émeraude brillant d'un éclat menaçant.

Madelyn retint un frisson. Elle n'avait pas senti à quel point la situation dans laquelle elle se trouvait était précaire. Elle était tellement focalisée sur le fait de se retrouver dans la même pièce que lui après toutes ces années qu'elle avait fait l'impasse sur tout le reste.

Inutile de le nier, si elle avait souvent rêvé de le revoir, ne serait-ce que quelques instants, elle avait toujours pensé que ça n'arriverait jamais. Paris Apollo et elle évoluaient dans deux mondes totalement opposés. Il n'y avait aucune chance que leur route se recroise un jour, et elle l'avait accepté. Enfin, c'était ce qu'elle avait cru jusqu'à aujourd'hui.

Rien n'aurait pu la préparer à le retrouver et surtout pas dans de telles conditions ! Elle avait l'impression que tout son corps était en feu alors qu'il ne l'avait même pas touchée. Paris Apollo était un homme dangereux, un poison auquel elle ne devait pas s'exposer sous peine de souffrir de nouveau.

Et pourtant elle était à présent seule avec lui, perchée au sommet d'une montagne au beau milieu de nulle part. Pire encore, l'homme qui lui faisait face n'avait rien de commun avec l'homme qu'elle avait cru connaître autrefois, celui dont elle était tombée irrémédiablement amoureuse en quelques semaines. C'était un étranger, un monarque qui plus est, qui avait tout pouvoir en son royaume. Elle était à sa merci.

Sa seule échappatoire – à condition qu'Angelique Silvestri soit vraiment prête à l'aider – se trouvait au bout d'un étroit sentier glissant tracé au bord d'un gouffre garantissant une mort certaine aux infortunés ayant le malheur de trébucher.

Le roi d'Ilonia pouvait agir comme il le voulait, personne

ne chercherait à l'arrêter ou à contester ses décisions. Elle s'était jetée tête la première dans un piège.

Se mordant la lèvre, elle plongea son regard dans le sien et réprima un autre frisson. Paris Apollo la contemplait comme si elle l'avait trahi. Aussi sûrement qu'elle percevait l'humidité présente dans l'air, elle était capable de sentir sa fureur enfler jusqu'à ce que le vert de ses yeux – qui lui avait toujours paru si étincelant et transparent – s'assombrisse dangereusement.

L'espace d'un instant, elle ouvrit la bouche pour s'excuser ou au moins se justifier, mais elle ne put s'y résoudre. Elle ne lui devait rien, pas après la façon dont il l'avait traitée.

— Il fait trop froid pour avoir cette conversation ici, déclara-t-il, la tirant de ses pensées. Suivez-moi.

Tournant les talons, il traversa la cour sans lui accorder un regard.

Une part d'elle-même lui enjoignit aussitôt de profiter de l'occasion pour fuir. Elle n'avait qu'à passer la porte et dévaler le sentier pour rejoindre Angelique. Mais même si elle y arrivait, rien ne garantissait que la ministre lui permettrait de remonter en voiture. Elle allait peut-être lui ordonner de retourner à l'Hermitage pour accomplir la mission qu'elle lui avait confiée. Et même si elle parvenait à regagner le continent, elle ne serait pas à l'abri pour autant.

Il était trop tard pour songer à s'échapper. Dès l'instant où elle avait quitté les États-Unis, elle avait su au plus profond de son être qu'elle s'apprêtait à naviguer en eaux troubles.

Elle n'avait d'ailleurs même pas envisagé de refuser de suivre Angelique. La représentante du roi d'Ilonia s'était présentée à sa porte, lui prouvant par sa seule présence qu'elle ne pouvait pas garder le secret sur la naissance de Troy plus longtemps.

Il ne lui était pas non plus venu à l'esprit de mentir, car elle avait toujours eu l'esprit pratique… à l'exception de ces quelques semaines de folie lorsqu'elle était encore étudiante. Sans compter qu'Angelique Silvestri avait été très claire : le palais était au courant de l'existence de Troy depuis le début, et était prêt à tout pour protéger le trône.

La ministre le lui avait répété à de nombreuses reprises comme pour mieux s'assurer qu'elle comprenait la situation dans laquelle elle se trouvait.

« Votre fils est le seul héritier du roi d'Ilonia, avait-elle déclaré d'un ton sérieux. Si nous ne vous avons pas contactée plus tôt, c'est uniquement parce que nous souhaitions qu'il puisse grandir à l'abri des regards. Mais la situation a changé comme vous l'avez deviné. Vous avez sans doute toujours su que ce jour finirait par arriver. »

Angelique Silvestri se trompait. Elle n'avait jamais imaginé trouver un jour la ministre d'Ilonia devant sa porte ni devoir escalader une montagne dans l'obscurité pour rencontrer un homme qu'elle avait oublié depuis longtemps.

Se redressant légèrement, elle suivit Paris Apollo en s'efforçant d'ignorer les battements désordonnés de son cœur. Et dire que quelques jours plus tôt, elle croyait encore que personne ne saurait jamais qui était le père de son enfant et que personne ne s'intéresserait à cette question. Comment avait-elle pu être aussi stupide ?

Avec le recul, elle aurait dû comprendre combien il était naïf d'imaginer que son secret ne serait pas découvert. Elle aurait dû se préparer à affronter la situation au lieu de se complaire dans l'ignorance.

Comme elle pénétrait dans le bâtiment principal, elle écarquilla les yeux en découvrant la lumière dorée qui semblait émaner des parois de pierre.

Contrairement à ce qu'elle avait cru, Paris Apollo ne l'avait pas amenée dans une pièce sombre aux allures de prison. Non, les appliques accrochées aux murs ainsi qu'un magnifique chandelier donnaient à la pièce une atmosphère à la fois confortable et joyeuse. L'Hermitage était bien plus accueillant à l'intérieur que ne le laissait croire son apparence extérieure.

Écarquillant les yeux, elle continua de le suivre le long

d'un couloir décoré de tapisseries anciennes qui offraient l'avantage de combattre le froid de la montagne.

Enfin, il s'arrêta dans un salon dont tous les sièges avaient été installés face aux baies vitrées qui devaient autrefois offrir un avantage stratégique aux occupants de la forteresse.

Toujours sans lui accorder un regard, il se dirigea vers le bar et remplit deux verres d'alcool.

Madelyn suivit ses gestes en silence. Pour peu, elle aurait pu croire qu'il avait oublié sa présence. À moins qu'il soit tellement convaincu qu'elle n'oserait pas désobéir à ses ordres qu'il ne voyait pas l'intérêt de lui adresser la parole pour l'instant. Il y avait également une troisième option, bien sûr : qu'il se moque complètement qu'elle l'ait suivi ou non, mais elle en doutait. Il l'aurait chassée sans ménagement s'il n'avait pas souhaité discuter de l'existence de Troy avec elle.

Vidant son verre, il lui adressa un signe du menton pour l'inviter à faire de même.

— Non, merci. Boire un verre avec vous ne m'a rien apporté de bon.

À ces mots, il éclata d'un rire aussi bref qu'amer avant de retrouver son sérieux.

— Quel âge a cet enfant ?

Malgré elle, la gorge de Madelyn se serra douloureusement. Il lui fallut plusieurs secondes pour comprendre que sa réaction était un mélange de panique et d'obstination.

Elle ne souhaitait pas répondre à sa question ni lui parler de Troy. Non, elle ne voulait pas qu'il sache quoi que ce soit sur son fils. Elle n'avait qu'une envie : quitter cette maudite montagne et retrouver son petit garçon pour le mettre en sécurité.

Elle ne pouvait cependant pas se le permettre. Si elle était là, c'était uniquement parce qu'elle avait décidé de se montrer pragmatique et raisonnable. Elle n'avait pas d'autre choix.

Pour autant, elle devait impérativement se montrer prudente, car il lui était impossible de prévoir comment Paris Apollo allait réagir. Peu importait ce qu'elle ressentait en ce moment. Tout ce qui comptait était de protéger Troy.

— Cinq, finit-elle par répondre froidement. Il a cinq ans.

Vidant un second verre de whisky, Paris Apollo le déposa brutalement, la faisant sursauter.

— Je m'attendais à ce que vous répondiez qu'il en avait deux, ou même un. Ce sont les seules réponses qui auraient pu avoir un sens, Madelyn, poursuivit-il d'une voix brûlant de rage. J'ai été injoignable ces deux dernières années, mais il me semble que j'avais la réputation d'être l'un des princes les plus facilement approchables d'Europe avant ma retraite forcée.

Malgré elle, l'image de cette porte fermée en haut de l'escalier de sa maison de Cambridge ainsi que l'expression de pitié sur le visage de son garde s'imposa à son esprit. Et avec elle, les paroles empoisonnées d'Annabel...

— Vous n'étiez pas aussi approchable que vous semblez le penser, Paris Apollo. Vous pourriez au moins l'admettre même si vous ne vous souvenez pas de moi.

Il ne fit pas un seul geste, mais Madelyn n'était pas dupe. Il était tellement furieux qu'elle avait l'impression de voir ses muscles se tendre sous sa peau et des éclairs illuminer ses yeux. Il faisait des efforts surhumains pour se retenir, de quoi au juste ? Elle l'ignorait.

Sa réaction n'avait aucun sens. Pourquoi la regardait-il comme si elle se montrait cruelle alors que ce n'était ni le cas ni son intention ? La perspective de l'avoir blessé la perturba profondément, et elle retint une grimace. Ce n'était pas le moment de se laisser attendrir par les sentiments qu'il lui inspirait autrefois.

— Sans compter les deux dernières années, cela nous en laisse trois depuis sa naissance, reprit-il d'un ton lourd de reproches.

Madelyn releva le menton, bien décidée à ne pas se laisser impressionner.

— Plus précisément, cela nous laisse trois ans et neuf

mois durant lesquels vous avez choisi de ne pas me parler de cet enfant. Étiez-vous dans le coma ? l'interrogea-t-il, sarcastique, ou incapable d'utiliser des moyens de communication normaux ? Non ? Dans ce cas, vous auriez pu envoyer une lettre, un e-mail ou un texto ? Vous auriez pu téléphoner ou même écrire un message dans le ciel. Et si ça n'était pas possible, vous auriez pu contacter un magazine à scandale. Ils se seraient fait un plaisir de publier l'information, et j'aurais été mis au courant.

Madelyn secoua la tête tout en croisant les bras pour ne pas qu'il la voie trembler. Elle s'était imaginé leurs retrouvailles dans l'avion la menant jusqu'à l'île, mais elle ne s'attendait pas à ce que ses paroles la bouleversent autant.

— Je... Je n'ai jamais pensé à essayer.

Le regard de Paris Apollo s'assombrit soudain et une étrange expression passa sur son visage. Jamais elle ne l'avait vu ainsi ni n'avait imaginé qu'il puisse la contempler de cette façon, comme si elle était un monstre.

— J'exige une explication !

Le ton de sa voix la fit sursauter.

Si on lui avait posé la question, autrefois, elle aurait juré qu'il était bien trop indolent et paresseux pour parler d'une voix aussi autoritaire. Pour la première fois, elle pouvait l'imaginer dans son rôle de roi et de puissant dirigeant d'un pays entier. Elle devait d'ailleurs faire un effort pour ne pas baisser la tête tant son aura était puissante.

Pourtant, si sa fierté l'empêchait de se comporter comme l'un de ses sujets, il fallait bien reconnaître qu'elle lui devait une explication... même si elle n'avait toujours aucune envie de lui parler de Troy ou de leur passé commun.

— Je n'étais rien pour vous, affirma-t-elle d'une voix tremblante.

C'était plus difficile de le dire à haute voix que tout ce qu'elle aurait pu imaginer alors que tant d'années s'étaient déjà écoulées. Pire, Paris Apollo semblait surpris par ses paroles, ce qui n'avait aucun sens.

— Notre liaison n'a duré que quelques semaines, poursuivit-elle en s'efforçant d'ignorer la douleur dans sa poitrine. J'ignore ce que je représentais pour vous à cette époque ou si vous ressentiez quelque chose pour moi. Je n'étais sûrement qu'une passade, mais notre relation s'est terminée le jour où votre garde du corps m'a interdit d'entrer dans votre chambre à Cambridge. Le message était très clair, ajouta-t-elle sèchement. Vous en aviez fini avec moi.

Résumée ainsi en quelques mots, leur histoire semblait presque banale. Elle ressemblait à celles que ses amis avaient l'habitude d'échanger autour d'un verre dans l'espoir d'en rire ou de se faire consoler.

La situation dans laquelle elle se trouvait était pourtant tout autre. Son cœur s'était brisé en mille morceaux ce jour-là.

Une part d'elle était d'ailleurs probablement morte quand elle avait atteint la dernière marche de ce maudit escalier, car elle n'avait jamais été la même après leur rupture.

Les mois qui avaient suivi, elle s'était efforcée de survivre malgré la douleur et l'impression de n'être plus que l'ombre d'elle-même. Les journées s'écoulaient avec une lenteur insoutenable et les nuits étaient une véritable torture. Non seulement l'horrible réalité avait repris ses droits, mais elle lui avait craché à la figure qu'elle avait commis la pire erreur de son existence. Si elle aimait Paris Apollo, il ne la considérait que comme une maîtresse de passage. Elle ne représentait absolument rien pour lui.

— Si je comprends bien, vous avez gardé le silence toutes ces années pour vous venger ?

Elle voulut nier, mais il ne lui en laissa pas le temps.

— Je vous ai blessée, et vous avez donc décidé de me cacher l'existence de mon fils durant cinq ans ?

À ces mots, Madelyn tressaillit. Comment pouvait-il croire

un instant qu'elle puisse se montrer aussi cruelle ? Il ne l'avait jamais comprise.

Serrant les poings, elle réussit néanmoins à parler d'une voix égale :

— J'ai découvert que j'étais enceinte durant le troisième trimestre. Peut-être qu'une part de moi ne voulait pas accepter la vérité ?

Ou peut-être n'était-elle pas en état de l'affronter ? Après tout, elle traversait l'existence comme un spectre égaré dans l'obscurité du monde depuis qu'il l'avait privée de sa lumière.

Elle refusait cependant de lui avouer combien elle avait souffert. Il ne méritait pas de le savoir, et il était hors de question de faire aveu de faiblesse devant lui.

— Et quand j'ai fini par comprendre que mes symptômes n'étaient pas causés par une grippe ou par une autre maladie, j'ai eu d'autres priorités en tête.

— Lesquelles ? Qu'est-ce qui était plus important que de prévenir un homme qu'il allait devenir père ? l'interrogea-t-il, visiblement choqué par ses explications.

— J'étais sur le point de devenir mère célibataire, répliqua-t-elle sans se laisser impressionner. Mes parents voulaient que je confie mon bébé à l'adoption afin de pouvoir terminer mes études et prétendre que j'étais toujours la fille parfaite qu'ils souhaitaient que je sois. Quand j'ai refusé, ils m'ont tourné le dos, précisa-t-elle avec une grimace. Je n'avais plus de maison, pas de travail... Ces considérations pratiques m'ont semblé plus importantes que d'essayer de retrouver un homme qui n'avait jamais voulu de moi.

L'espace d'un instant, elle crut l'entendre jurer, mais l'expression de son visage n'avait pas changé. Elle avait sûrement tout imaginé.

— Auriez-vous oublié que je suis l'un des hommes les plus riches de la planète ? Il vous aurait suffi d'un coup de fil pour résoudre tous vos problèmes, rétorqua-t-il, furieux.

Sauf qu'elle n'y avait jamais pensé, pas même une seconde.

— Vous ne comprenez pas, soupira-t-elle.

Comment pouvait-elle lui expliquer ? Elle y avait longuement réfléchi dans l'avion qui l'avait amenée en Ilonia sans trouver de réponse.

Elle n'avait que vingt et un ans à l'époque. Elle avait quitté sa petite ville de Californie pour rejoindre une université à San Francisco. Lorsqu'elle avait eu l'opportunité de partir quelques mois à Cambridge, elle avait eu l'impression de vivre un rêve éveillé. Et puis, elle était tombée amoureuse, avait eu le cœur brisé et était rentrée aux États-Unis, seule et à l'agonie. Et quand elle avait enfin pris rendez-vous chez le médecin qui lui avait annoncé la nouvelle qui avait changé sa vie, son univers s'était écroulé pour la seconde fois.

— Les semaines que nous avons passées ensemble ont été un véritable conte de fées, dit-elle en évitant son regard. Plus le temps passait et plus j'avais l'impression que tout n'était qu'un rêve. Mais la réalité a repris ses droits, et j'ai été forcée de m'occuper d'un bébé dont la survie dépendait de moi. Je n'avais plus le temps de penser au prince charmant.

Plongeant ses yeux dans les siens, elle poursuivit :

— Après quelques mois, j'ai arrêté de m'inquiéter de savoir comment j'étais tombée enceinte. Je me suis concentrée sur l'aspect pratique : comment j'allais subvenir à nos besoins, où nous allions vivre... Heureusement, ma tante a accepté de m'aider, et nous avons trouvé notre rythme. Nous sommes heureux à présent. Nous formons une véritable petite famille.

Paris Apollo garda le silence, mais son regard semblait la fusiller comme s'il ne comprenait pas comment elle pouvait parler ainsi ou comment elle avait osé vivre loin de lui sans lui avouer la vérité.

Malgré elle, Madelyn tendit la main dans sa direction.

— Je n'ai pas consciemment choisi de vous cacher la vérité. C'est juste que... je n'ai jamais pensé à vous.

Elle attendit une réaction, en vain. Il se contenta de la contempler sans dire un mot.

Irritée, elle se concentra sur la colère qui ne l'avait jamais vraiment quittée depuis leur rupture.

— Comment aurais-je pu penser que vous voudriez le savoir ? *Vous ne vous souvenez même pas de moi !* ajouta-t-elle pour elle-même.

Étrangement, au lieu de paraître blessé, il resta impassible. À croire que son incapacité à reconnaître la femme dont il avait exploré le corps avec une telle passion qu'il avait sûrement goûté chaque centimètre de peau était sa faute.

— C'est remarquable, déclara-t-il enfin d'une voix glaçante qui correspondait si peu à l'homme qu'elle avait connu autrefois, mais qui était parfaite pour l'étranger lui faisant face. Vous pensez vraiment que je vais croire qu'alors que vous parcouriez les États-Unis à la recherche d'un logement et d'un emploi, vous n'avez jamais songé que je pouvais vous donner tout ce dont vous aviez besoin ? Vous me croyez vraiment aussi stupide, Madelyn ? Pourquoi ne pas simplement admettre que vous vouliez vous venger ? C'est la seule explication possible.

— Troy est un petit garçon heureux et en bonne santé, répliqua-t-elle, piquée au vif par ses accusations. Vous ne m'avez pas posé la moindre question sur lui, ce qui prouve que j'ai pris la bonne décision.

Ses yeux turquoise étincelèrent soudain avant de prendre une teinte morne.

L'espace d'un instant, elle crut qu'il allait se servir un autre verre, mais il se contenta de l'étudier longuement avant de tourner les talons.

Se postant devant la baie vitrée, il sembla se perdre dans la contemplation de la montagne. Il n'y avait pourtant pas grand-chose à voir en ce début de soirée d'autant que les nuages masquaient pratiquement complètement la vue.

Pour une raison inconnue, son silence la mit davantage mal à l'aise que ses questions. Elle se sentait coupable. Se pouvait-il qu'il ait raison ? Non, c'était impossible. Elle n'avait rien à se reprocher, du moins l'avait-elle cru jusqu'à maintenant...

Inutile de le nier, il lui avait brisé le cœur. Elle était en colère qu'il lui ait tourné le dos aussi facilement alors qu'elle était tombée amoureuse de lui. Et elle avait peut-être eu envie de lui faire payer de l'avoir traitée de cette façon, mais elle refusait de croire qu'elle ait pu se servir de Troy pour y parvenir. C'était tout simplement impossible. Elle voulait ce qu'il y avait de mieux pour lui, car il était son fils.

Secouant la tête, elle ferma un instant les yeux. Ils ne s'étaient pas vus depuis plus de cinq ans, et il lui avait suffi de quelques paroles pour la déstabiliser et lui faire croire qu'elle avait commis une erreur. C'était insupportable !

La vie qu'elle s'était construite ne signifiait sans doute rien pour lui, mais elle en était fière. Il n'avait pas le droit de réduire ses efforts à néant alors qu'il ne se souvenait toujours pas d'elle.

— Vous avez dit que nous nous étions rencontrés à Cambridge, dit-il soudain sans se retourner. J'ai rencontré de nombreuses femmes à Cambridge.

La culpabilité qui lui tiraillait le cœur disparut aussitôt, remplacée par une colère bouillonnante, et le visage d'Annabel lui adressant un sourire méprisant s'imposa soudain à son esprit.

— Croyez-moi, j'en ai parfaitement conscience.

— Je suppose que vous étiez étudiante ?

— J'y suis restée un semestre, répondit-elle en s'efforçant d'ignorer ses insinuations.

Il se demandait sans doute comment une femme portant des chaussures et des vêtements bon marché et qui n'appartenait pas à la noblesse avait réussi non seulement à entrer à Cambridge, mais également à fréquenter les mêmes cercles que lui. Il y avait sûrement une autre explication à sa présence dans ce prestigieux établissement. Peut-être avait-elle été engagée pour nettoyer les chambres ou faire le service ?

Ce n'était pas la première fois que quelqu'un lui faisait comprendre qu'elle n'avait pas sa place parmi l'élite. Annabel par exemple, mais que Paris Apollo puisse le penser lui était insoutenable.

— Je participais à un programme d'échange scolaire.

— Vous avez parlé d'une liaison ? demanda-t-il comme s'il n'avait pas écouté sa réponse. Ça a donc duré plus d'une nuit, je me trompe ?

— Ça a duré plusieurs semaines, précisa-t-elle, outrée par sa désinvolture. Apparemment, elles n'ont pas été mémorables. Merci de me rappeler à quel point je ne représentais rien pour vous. Pourrions-nous passer à autre chose ? Cette situation est insupportable et très embarrassante.

— J'essaie simplement de découvrir si vous saviez qui j'étais, affirma-t-il d'un air furieux. Étiez-vous au courant que j'étais le prince héritier d'Ilonia ?

— Tout le monde sait qui vous êtes... Nous le savions tous.

— Vous n'aviez donc aucune excuse pour me cacher la vérité, conclut-il sombrement.

Sa posture était tellement rigide qu'il semblait encore plus grand que quelques instants plus tôt.

— Tout homme mérite de savoir qu'il a un enfant, mais vous n'ignorez pas qu'un futur monarque éprouve le plus grand intérêt à apprendre l'existence d'un héritier potentiel ?

— J'étais perturbée par la situation, par le manque de sommeil et par le fait que mes parents m'avaient reniée. Je ne savais pas comment j'allais réussir à nourrir mon enfant alors vous comprenez bien que je ne me suis pas inquiétée pour la lignée royale d'un pays dont, et je ne dis pas ça pour vous vexer, la plupart des Américains n'ont jamais entendu parler. Votre nom, lui, est connu, poursuivit-elle avec un sourire sarcastique. Les journaux à scandale et le public adorent suivre les frasques des riches, mais ils se moquent de qui montera sur le trône.

Paris Apollo acquiesça, mais pas pour marquer son approbation. Non, c'était un geste presque inconscient comme s'il se faisait une meilleure idée de la situation… avant de la condamner pour ses décisions sans doute.

— Où est l'enfant ?

— À la maison, répondit-elle avec hargne. Là où est sa place. Il est avec ma tante, celle qui m'a aidée à l'élever depuis qu'il est tout petit. Je vous l'ai déjà dit, il me semble.

— Et où est cette maison exactement ?

Madelyn pinça les lèvres. Elle n'avait aucune envie de le lui dire, mais elle n'avait pas le choix. Il lui suffisait de contacter sa ministre pour découvrir tout ce qu'il avait besoin de savoir. Elle avait sans doute noté tous les détails dans un dossier à son intention. Il était trop tard pour tenter de préserver son intimité ou celle de Troy.

— Je vis dans une petite ville à proximité du lac Tahoe, rétorqua-t-elle d'une voix posée. Si vous ne le savez pas encore, c'est un très grand et magnifique lac à la frontière entre la Californie et le Nevada. Il se situe dans la Sierra Nevada connue pour ses stations de ski, son charme rustique et ses incroyables paysages. De nombreux touristes fréquentent la région tout au long de l'année. Quant à moi, je vis un peu à l'écart de toute cette agitation, dans les collines.

La vie y était plus abordable, mais également plus agréable. La plupart de ses voisins travaillaient eux aussi dans des hôtels, des restaurants ou des commerces à proximité du lac. Et, comme elle, ils avaient choisi de s'installer à bonne distance les uns des autres et de l'effervescence liée au tourisme.

Paris Apollo ne lui posa pas la moindre question concernant le lac, mais il se tourna pour lui faire face et l'observer longuement.

Le silence menaçait de s'éterniser quand elle nota qu'il serrait les mâchoires comme s'il essayait de maîtriser sa colère, en vain. Il était furieux, c'était évident. Elle pouvait d'ailleurs toujours le sentir dans l'air.

Le voir ainsi à deux doigts de perdre son sang-froid était une expérience nouvelle pour elle. Autrefois, elle n'aurait jamais imaginé qu'il puisse posséder un tel tempérament. Elle ne l'avait d'ailleurs jamais vu se mettre en colère. C'était un rappel, un de plus, que celui qui lui faisait face était depuis toujours un étranger.

Pour une raison inconnue, elle eut soudain envie de le déstabiliser. Il finirait peut-être alors par enfin faire tomber son masque ?

— Quelle est la véritable raison qui vous a poussé à vous cacher ici ? Je comprends que vous aviez besoin de temps pour faire votre deuil, mais deux ans, c'est plutôt long pour un homme qui a toujours adoré vivre sous les projecteurs...

Elle regretta aussitôt ses mots, car il sembla changer devant elle. Non seulement ses yeux s'assombrirent dangereusement, mais son visage se durcit, lui donnant un air menaçant.

De nouveau, elle constata qu'il n'avait plus rien de commun avec l'homme qu'elle avait connu autrefois quand elle n'était qu'une jeune fille naïve qui croyait aux contes de fées et au prince charmant, avant qu'elle ne découvre combien un cœur brisé pouvait la faire souffrir jusqu'à lui donner envie de mourir.

Pourtant, rien au monde n'aurait pu la pousser à revenir en arrière. Troy était son rayon de soleil, le petit miracle que la vie lui avait octroyé.

Paris Apollo n'était pas le seul à avoir changé. La seule différence était que même si elle n'avait eu aucune envie de le revoir, elle n'avait jamais songé à lui comme s'il était son ennemi. À voir la façon dont il la regardait en cet instant, c'était exactement ce qu'il semblait penser d'elle.

— Durant ces six dernières années où vous vous êtes cachée au plus profond des États-Unis, avez-vous eu des contacts avec des Iloniens ? l'interrogea-t-il d'une voix dure.

— Je n'ai rencontré aucun Ilonien à part vous. Et Angelique Silvestri, ajouta-t-elle rapidement comme il plissait les yeux. Elle a débarqué chez moi hier. Enfin, je crois que c'était hier.

Je n'en suis pas sûre parce que je suis toujours sous l'effet du décalage horaire.

— Vous en êtes certaine ? insista-t-il comme s'il ne la croyait pas.

— Bien sûr que non ! Je suis serveuse dans plusieurs hôtels de luxe.

Elle s'interrompit, craignant presque qu'il affiche une grimace de dégoût en découvrant comment elle gagnait sa vie, mais il se contenta de l'observer avec attention.

Pour une raison inconnue, l'intensité de son regard la fit frissonner de nouveau. Que lui voulait-il ? Sa réaction était étrange et déstabilisante. Non seulement il ne se souvenait pas d'elle, mais il semblait à présent s'en méfier. Pourquoi ?

— Je rencontre de nombreux clients. Des hommes riches pour la plupart qui ont un accent étranger et adorent dépenser leur argent. Je n'ai pas le temps de leur demander d'où ils viennent parce que je suis concentrée sur mon travail. C'est ce qui me permet de gagner de bons pourboires, expliqua-t-elle sèchement. C'est ce que font toutes les serveuses parce que le salaire de base est ridicule. J'ai besoin de cet argent pour vivre.

— Et qu'en est-il de votre vie personnelle ? s'enquit-il, ses yeux s'assombrissant encore. Fréquentez-vous beaucoup d'hommes ?

Madelyn éclata de rire.

— Je ne fréquente qu'un seul homme. Il est très exigeant et ne me laisse pas beaucoup de temps libre pour faire d'autres rencontres.

À ses mots, il serra les mâchoires comme s'il était furieux.

Irritée par sa réaction, elle expliqua :

— Je parle de mon fils ! C'est évident, non ?

— Si Angelique a réussi à vous retrouver, n'importe qui en est capable, dit-il d'un air distrait.

Il semblait presque se parler à lui-même et continua.

— Il vaut mieux supposer qu'ils l'ont déjà fait.

— Elle m'a dit que le palais connaissait le nom de toutes

vos conquêtes. Vous ne vous souvenez peut-être pas de moi, poursuivit-elle en secouant la tête, mais je figure sur cette liste sans savoir qui la possède.

Elle haussa les épaules comme si cette question importait peu alors qu'il n'en était rien, mais elle ne pouvait pas se permettre de faire preuve de faiblesse face à lui.

— Vous avez peut-être des dizaines d'enfants dont vous ignorez l'existence.

Les choses seraient tellement plus simples si c'était le cas. Ainsi, il n'aurait plus aucune raison de s'intéresser à elle ou à leur fils.

Son corps ne semblait pourtant pas du même avis. La perspective qu'il ait un enfant avec une autre femme lui était insoutenable. Son estomac se serra, et son cœur se mit à battre douloureusement.

Irritée contre ce corps qui la trahissait à chaque instant, elle repoussa ces pensées avec difficulté.

— Vous n'avez toujours pas répondu à ma question, lui rappela-t-elle d'une voix aiguë. Ça fait deux ans que vous êtes là. Un homme qui aime autant parader sous les projecteurs et faire la une des magazines à scandale n'aurait jamais pris une telle décision sans une bonne raison.

— Je vous l'ai dit, c'est la tradition en Ilonia lors du décès du souverain et de son épouse.

Madelyn retint un soupir. Paris Apollo lui cachait quelque chose, c'était évident. Et il était hors de question de le laisser s'en sortir aussi facilement. Elle avait besoin de découvrir la vérité.

— J'ai également perdu mes parents. Ils sont toujours de ce monde, c'est vrai. Mais je n'y trouve aucun réconfort, car ils m'ont rayée de leur vie. Je ne cherche pas à comparer nos situations, le prévint-elle en levant les mains pour éviter qu'il se mette en colère, mais je ne crois pas que vous cacher au sommet d'une montagne soit vraiment la meilleure solution ni même que ce soit très sain.

À ces mots, Paris Apollo se dirigea vers elle, et son souffle se bloqua dans sa poitrine.

Il n'avait plus rien de l'homme nonchalant qui ne s'intéressait qu'à la recherche de son plaisir rencontré à Cambridge, six ans plus tôt. Non, il était devenu un fauve approchant lentement sa proie pour mieux fondre sur elle quand le moment serait venu. Chaque centimètre de son corps était tendu à l'extrême, et il se dégageait de lui une aura incroyablement dangereuse. Que lui était-il donc arrivé ? Il semblait avoir transformé son corps pour en faire une arme létale... et elle était à présent sa cible.

Un frisson de peur mêlée d'excitation la saisit, et elle se mordit la lèvre pour se calmer. Ce n'était pas le moment de se laisser impressionner.

Il s'arrêta à quelques centimètres d'elle, et le cœur de Madelyn se mit à battre violemment, tellement fort qu'il semblait prêt à bondir hors de sa poitrine.

Luttant pour reprendre le contrôle de ses émotions, elle tressaillit comme il tendait le bras dans sa direction.

Son instinct lui hurlait de tourner les talons et de s'enfuir tandis qu'une autre part d'elle-même, plus insidieuse, lui enjoignait de se jeter dans ses bras pour satisfaire le désir impérieux qu'il éveillait en elle alors qu'elle aurait dû le détester.

Serrant les poings, elle réussit néanmoins à rester immobile. Elle ne pouvait pas se permettre de commettre la moindre erreur. La situation était bien assez compliquée comme cela. Elle devait songer à son fils et à ce qu'il y avait de mieux pour lui.

Se plantant fermement sur ses pieds, elle plongea son regard dans le sien et attendit.

Elle n'allait pas s'enfuir, mais elle n'allait pas non plus céder à l'appel brûlant qui résonnait au plus profond de son être, celui qui l'avait perdue autrefois.

Prenant une mèche de cheveux humide entre ses doigts, Paris Apollo la glissa derrière son oreille. Son geste d'une étrange douceur aurait pu passer pour de la tendresse ou de l'affection s'il n'y avait pas eu cette étrange expression sur son visage.

Pourtant, même s'il ne semblait voir en elle qu'une ex-maîtresse l'ayant trahi en lui cachant l'existence de son fils, une fois de plus son corps refusa de l'écouter.

Il y avait cette étrange chaleur se répandant dans ses membres et qui trouvait son origine dans son bas-ventre ainsi que ce léger tremblement qui semblait se répercuter dans ses jambes manquant la faire vaciller.

— Mes parents ont été assassinés, déclara-t-il d'un ton froid.

Il cherchait visiblement à se contenir, mais il était évident que la tempête grondait au fond de ses yeux. Elle semblait même sur le point d'éclater et ne manquerait pas de tout emporter sur son passage, elle y compris, si elle ne se montrait pas plus prudente.

— J'ai l'intention de les venger et de faire payer les responsables. Je n'ai pas passé deux ans à me lamenter sur mon sort, Madelyn, continua-t-il, sarcastique, je me suis préparé pour la bataille à venir. Et je tiens à vous prévenir dès maintenant : si je découvre que vous êtes impliquée de quelque manière que ce soit dans leur mort, je...

— Êtes-vous en train de m'accuser d'avoir tué vos parents ? le coupa-t-elle dans un souffle tant elle était surprise.

Comment pouvait-il ne serait-ce qu'imaginer une chose pareille ?

— Je... je ne suis qu'une serveuse qui travaille à l'autre bout du monde !

— Vous vous présentez comme une serveuse, mais Angelique m'a prouvé que vous êtes un pion, répliqua-t-il d'une voix dangereusement douce. Et le problème avec les pions, c'est que n'importe qui peut les utiliser. Je vous promets que vous ne vous en sortirez pas sans encombre si j'apprends que vous avez pris part aux événements ayant mené à leur mort.

— Je n'ai rien à voir avec la mort de vos parents et je ne suis pas impliquée dans les jeux dont vous parlez !

Comment osait-il l'accuser ainsi ? C'était à la fois incompréhensible et terriblement insultant. Qu'il ne se souvienne pas d'elle était une chose, mais ça...

Fermant un instant les yeux, elle s'efforça néanmoins de se calmer.

Si elle avait accepté de suivre Angelique sur cette île isolée, c'était uniquement dans le but de protéger Troy. Il était son fils, et même si elle se trouvait au beau milieu de nulle part, elle était déterminée à faire ce qu'il y avait de mieux pour lui. Peu importait ce qui risquait de lui arriver, seul Troy comptait. Elle pouvait donc bien supporter les accusations fantaisistes de son géniteur si c'était la seule façon de garantir sa sécurité.

— Je ne veux rien avoir à faire avec tout ça, reprit-elle plus calmement. Vous ne saviez pas que vous aviez un fils, et je ne vois pas la moindre raison pour que vous soyez impliqué dans sa vie. Il est très heureux, continua-t-elle, un léger sourire étirant ses lèvres. Il a une belle vie. Il ne manque de rien et il est aimé. La dernière chose dont il a besoin est de se retrouver embarqué dans... Je ne sais même pas à quoi il risque d'être mêlé, ajouta-t-elle en faisant un geste de la main pour indiquer l'espace les séparant, mais je sais que rien de bon n'en découlera.

Paris Apollo prit sa main dans la sienne, et toute pensée cohérente la déserta. Il n'y avait plus que la sensation de sa paume chaude contre la sienne, et un flot de souvenirs se déversa en elle : son sourire, sa façon de la regarder quand ils faisaient l'amour et, surtout, ce véritable incendie qu'il éveillait en elle chaque fois qu'il la touchait. Ces flammes inextinguibles avaient dévoré son corps et son cœur avec ardeur, et elle s'était abandonnée à leur morsure jusqu'à manquer en mourir quand il l'avait quittée.

— Je vous conseille de vous mettre à l'aise, déclara-t-il, la ramenant brutalement à la réalité. Il est tard, il fait pratiquement nuit. Le sentier n'est pas éclairé. Ce serait pure folie de tenter la descente dans le noir.

— Je ne peux pas rester ici, rétorqua-t-elle, soudain paniquée. Ce n'est pas ce qui était prévu. Je n'ai jamais accepté de...

— Si vous prenez ce couloir, la coupa-t-il sans s'émouvoir de sa réaction, vous arriverez à la cuisine. Prenez ce que vous voulez. Et si vous souhaitez vous reposer – je vous conseille d'ailleurs de le faire –, plusieurs chambres sont à votre disposition. Choisissez celle qui vous plaira.

Ses mots étaient accueillants, mais le ton de sa voix était froid et impersonnel. Il semblait lancer des dagues empoisonnées sans s'inquiéter qu'elles atteignent ou non leur cible. Il se moquait complètement de ce qu'elle pouvait penser ou faire tant qu'elle ne quittait pas l'Hermitage.

Il s'écarta enfin mais mit plusieurs secondes à la relâcher. À moins que ce ne soit qu'un effet de son imagination parce qu'elle était incroyablement consciente de la proximité de son corps ? Ou peut-être voulait-elle tant qu'il ressente quelque chose, n'importe quoi, qu'elle était prête à interpréter chacun de ses gestes comme bon lui semblait ?

Pire encore, lorsque son bras retomba enfin le long de son corps, elle ressentit cruellement la perte soudaine de chaleur contre sa peau, lui donnant envie de la chercher de nouveau.

— Vous avez eu cinq ans pour prendre toutes les décisions que vous vouliez, dit-il d'une voix blanche.

Il avait l'air imperturbable, mais ses yeux brillaient d'un éclat terrifiant. Il la contemplait toujours comme si elle était, au mieux, une ex-maîtresse qu'il avait abandonnée depuis longtemps et, au pire, une étrangère en qui il n'avait aucune confiance.

— Et vous avez commis de nombreuses erreurs. Cette époque est révolue, annonça-t-il en se passant la main dans les cheveux. À présent, Madelyn, je crains que nous devions tous deux subir les conséquences des décisions que vous avez prises.

À sa grande surprise, il ne lui laissa même pas le temps de réagir et tourna les talons sans un regard en arrière.

Le lendemain matin, un hélicoptère se posa sur le toit de l'Hermitage, et le souverain d'Ilonia l'informa qu'ils allaient rentrer au palais.

Madelyn avait accompli sa mission, mais elle n'en retira ni joie ni satisfaction, car son instinct lui soufflait que si elle avait gagné une bataille, elle venait sans nul doute de perdre la guerre.

4

L'hélicoptère leur fit traverser le bras de mer et perdit de l'altitude pour survoler le port de la cité située au pied du palais royal.

Madelyn avait du mal à respirer. Elle semblait sur le point de faire une crise de panique tant il y avait du bruit. Il lui était d'ailleurs impossible de déterminer si le grondement qui lui assourdissait les oreilles provenait des battements de son cœur ou des acclamations de la foule en contrebas.

Même à cette altitude, les cris des Iloniens étaient tellement puissants qu'ils couvraient pratiquement le vrombissement du moteur jusqu'à se répercuter dans tout son corps. Jamais elle ne s'était sentie aussi vivante ni aussi extatique.

Pourtant, malgré ces émotions intenses, une question demeurait : que faisait-elle dans cet appareil au côté de Paris Apollo ?

Inutile de le nier, elle était épuisée. Elle avait passé la première partie de la nuit à se convaincre qu'il ne cherchait qu'à la tester. Il s'était sûrement réfugié dans une pièce pour l'observer discrètement tandis qu'elle décidait de ce qu'elle voulait faire.

Pourtant, elle n'avait pas hésité une seconde à ressortir dès qu'il l'avait quittée. Elle ne pouvait pas lui faire confiance. Traversant la cour, elle avait atteint la porte extérieure et découvert qu'il ne lui avait pas menti.

La nuit était déjà tombée. La grêle qui s'était calmée durant leur conversation avait repris et tombait avec violence, rendant les pierres glissantes.

Malgré le danger, elle avait pourtant un instant envisagé de s'engager sur le sentier avant de renoncer. Il faisait trop sombre pour prendre un tel risque. En fait, il faisait tellement noir qu'elle ne distinguait rien, même pas sa main à quelques centimètres de son visage. Elle pouvait toujours se plaquer contre la paroi rocheuse pour ne pas se perdre, mais ça restait extrêmement dangereux. Et si elle réussissait à redescendre, rien ne garantissait qu'Angelique ou l'un de ses hommes soit encore là.

Si par miracle elle ne se tordait pas la cheville ou ne glissait pas sur la terre humide pour finir dans le ravin, elle se retrouverait coincée au beau milieu de nulle part durant la nuit dans des conditions climatiques désastreuses.

Pour combien de temps ? Il était impossible de le dire. Qui sait quand Paris Apollo se déciderait à partir à sa recherche ou à envoyer quelqu'un pour lui venir en aide. À condition qu'il le fasse, et rien n'était moins sûr.

La seconde objection à ce plan un peu fou était également la plus importante. Si elle éprouvait toujours des sentiments contradictoires pour Paris Apollo et rêvait de mettre le plus de distance possible entre eux, elle ne pouvait pas se montrer égoïste, car elle devait penser à Troy.

Résignée, elle avait donc tourné les talons et regagné la forteresse pour se trouver une chambre dotée d'un verrou. Ainsi Paris Apollo ne pourrait pas entrer... et elle ne serait pas tentée d'aller le retrouver.

À l'image des autres pièces de la forteresse, la chambre qu'elle avait choisie était confortable, décorée avec goût et simplicité. L'Hermitage était la demeure personnelle des monarques iloniens, mais la décoration était étonnamment sobre. Les meubles semblaient faits pour durer et non pour impressionner les visiteurs. Quant aux tapisseries, elles apportaient une touche de couleur et donnaient une atmosphère douillette à l'ensemble.

En d'autres circonstances, elle aurait probablement adoré séjourner à la forteresse, mais la situation était bien trop compliquée pour pouvoir en profiter.

S'installant devant la cheminée, elle avait pressé un bouton pour allumer le feu et était restée près d'une heure à contempler les flammes pour se réchauffer et faire sécher ses vêtements humides.

Lorsqu'elle s'était sentie prête, elle s'était aventurée dans la cuisine. Elle s'était fait une assiette de pain, de fromage et de saucisson et avait décidé de déguster le tout dans sa chambre.

Malgré elle, elle n'avait pu s'empêcher de jeter des coups d'œil tout autour en traversant le couloir tant elle craignait que Paris Apollo ne la rejoigne. Heureusement, il ne s'était pas montré. En fait, elle ne l'avait pas vu jusqu'à leur départ, même si elle avait cru l'entendre à plusieurs occasions.

Des bruits sourds avaient résonné dans la forteresse comme si quelqu'un déplaçait des meubles ou tapaient sur les murs, mais elle s'était convaincue qu'il ne s'agissait sans doute que du vent.

Paris Apollo n'était plus l'homme qu'elle avait rencontré six ans plus tôt mais, même s'il avait changé, elle ne pouvait pas l'imaginer passer sa colère en donnant des coups de poing dans des parois en pierre vieilles de plusieurs siècles.

L'espace d'un instant, elle avait pourtant envisagé de partir à sa recherche avant de renoncer. En agissant ainsi, elle courait le risque qu'il s'imagine qu'elle ne l'avait pas oublié et souhaitait le séduire de nouveau et partager son lit.

Son corps la trahissait quand il était avec elle, et il lui suffisait d'un seul regard pour manquer lui faire perdre le contrôle de ses émotions, mais elle ne pouvait pas se permettre de montrer sa faiblesse en sa présence.

D'autant que, à sa façon de la contempler durant leur conversation, il était évident qu'il ne voyait en elle qu'un monstre l'ayant trahi cinq ans plus tôt. Elle ne pouvait d'ailleurs pas lui donner tout à fait tort même si une part d'elle-même ne pouvait pas s'empêcher de trouver sa réaction injuste.

Après tout, c'était elle qui s'était retrouvée à élever un enfant alors qu'elle n'avait que vingt et un ans. Elle avait perdu ses parents et vécu des mois difficiles tandis qu'il faisait la une des magazines en compagnie de mannequins célèbres.

Il estimait sans doute qu'elle méritait d'être punie pour lui avoir caché la vérité, mais elle avait déjà payé pour son erreur, quoi qu'il puisse en penser.

Pour autant, il valait sans doute mieux se montrer prudente et ne pas chercher à le défier dans les conditions actuelles.

Épuisée par les événements des deux derniers jours, elle avait fini par s'endormir d'un sommeil agité avant d'être réveillée par le bruit d'un hélicoptère.

L'appareil poursuivit son survol de l'archipel ilonien et Madelyn ne put s'empêcher d'écarquiller les yeux devant le spectacle qui s'offrait à elle.

Le décor était paradisiaque, et d'une telle beauté qu'il lui aurait été facile d'oublier l'homme qui se tenait à son côté pour s'abîmer dans la contemplation de l'eau azur et des plages de sable blanc.

Celles-ci n'invitaient pas à venir s'y allonger pour profiter des rayons du soleil ou pour y déguster un cocktail. Non, elles semblaient appeler le visiteur à venir se perdre dans leur étendue sauvage et désolée pour se trouver soi-même.

Avisant la tournure que prenaient ses pensées, Madelyn fronça les sourcils.

Elle n'était pas perdue. Elle n'avait d'ailleurs ni le temps ni le privilège de se poser ce genre de questions. Et si ça lui arrivait un jour, ce ne serait pas ici et surtout pas en compagnie d'un homme comme Paris Apollo. Non, elle savait parfaitement qui elle était, mais pas pourquoi il l'avait ramenée au palais.

— Que faisons-nous ici ? demanda-t-elle comme ils descendaient de l'hélicoptère.

— Vous êtes parfaitement capable de répondre à cette question vous-même, affirma-t-il de ce même ton sec dont il avait fait preuve la veille.

Pourtant, un changement sembla s'opérer en lui tandis qu'il marchait vers des membres du personnel qui s'étaient rassemblés auprès de plusieurs ministres.

Comme elle l'observait toujours, Madelyn vit soudain qu'il ne portait plus les vêtements sombres et simples dans lesquels il l'avait accueillie.

Sa tenue ressemblait davantage à celle qu'il affectionnait lorsqu'il était à Cambridge et semblait là pour montrer son immense fortune. Il ne fallait pas être un professionnel pour voir qu'elle était faite sur mesure, et sans doute à la main par des artisans incroyablement doués. Il se dégageait de lui une impression d'élégance propre aux riches et inaccessible au commun des mortels.

Pour une raison inconnue, ce changement l'irrita profondément, mais elle s'efforça de ne rien laisser paraître et continua à l'observer.

Ce n'est qu'au bout de quelques minutes qu'elle comprit qu'il n'avait pas uniquement modifié sa tenue. La plus grande différence résidait dans sa façon de bouger et, surtout, de sourire. C'était même le fait qu'il souriait, tout simplement.

Levant le bras, il adressa un geste de la main à son entourage, et Madelyn comprit enfin ce qu'il cherchait à faire. Il était redevenu le prince séducteur au tempérament oisif qui ne cherchait qu'à s'amuser et à profiter de la vie qu'elle avait rencontré autrefois. Le prince que son peuple s'attendait peut-être à voir en lui.

Plissant les yeux, elle continua de l'étudier comme le personnel du palais et ses ministres l'accueillaient – certains en faisant la révérence, d'autres en baissant la tête et d'autres encore en le saluant de façon moins formelle.

Il passa devant eux d'un pas lent et nonchalant, très loin de la démarche volontaire et raide qu'il adoptait à l'Hermitage.

Cette nouvelle version de Paris Apollo avait l'air de faire une promenade dans un parc pour profiter du parfum des fleurs durant un bel après-midi ensoleillé. Il n'avait plus rien de commun avec l'homme acerbe et dur qu'il était encore quelques heures plus tôt.

Madelyn le suivit à distance, non sans remarquer les gardes royaux qui s'étaient déployés autour d'elle, sans doute sur les ordres de leur souverain.

Leur présence aurait sans doute dû l'irriter, mais elle était bien trop concentrée sur le manège de Paris Apollo pour se soucier d'eux.

Ils pénétrèrent dans le palais, et Madelyn comprit soudain qu'il s'efforçait de se créer une image à mi-chemin entre l'homme froid et implacable qu'elle avait trouvé à l'Hermitage et le play-boy qui ne se souciait que de son plaisir personnel duquel elle était tombée irrémédiablement amoureuse à Cambridge. Ce prince qui collectionnait les conquêtes et se pavanait à la une des magazines à scandale... Elle aurait aimé lui demander quelle version était la vraie, mais elle n'en eut pas l'occasion.

Il disparut dès leur entrée au palais, suivi d'une myriade de conseillers et de ministres en tout genre tandis qu'elle était escortée dans ses appartements personnels par une femme d'un rang et d'une position indéterminés qui lui annonça d'un air ravi qu'elle était à présent chez elle.

— Durant votre séjour, précisa-t-elle néanmoins d'un air tout aussi joyeux.

— Je n'ai pas besoin d'appartements privés, rétorqua-t-elle en s'efforçant de cacher son irritation.

Elle ne pouvait pas passer ses nerfs sur cette étrangère qui ne lui avait rien fait.

— J'ai besoin d'un avion. Je vous ai ramené votre roi, à présent, je veux rentrer chez moi.

La femme se contenta d'éclater de rire avant de l'abandonner au milieu de l'immense salon.

Madelyn attendit un instant espérant qu'elle ne reviendrait pas avant de rejoindre la porte.

Comme elle l'ouvrait, elle découvrit deux gardes qui se tenaient de l'autre côté.

— Suis-je prisonnière ? s'enquit-elle d'un ton sec.

Ils n'étaient pas non plus responsables de sa présence au palais, mais la situation commençait à l'énerver.

— Sa Majesté a demandé que vous restiez dans vos appartements, répondit l'un des gardes.

— C'est donc ce que vous ferez, madame, ajouta l'autre d'un air autoritaire.

Madelyn referma la porte et s'autorisa à paniquer un bref instant avant de réfléchir à la meilleure façon d'agir, du moins essaya-t-elle sans grand succès.

Contrairement à l'Hermitage, le palais était proprement somptueux. Tout depuis les moulures du plafond décoré de fresques magnifiques jusqu'aux rideaux en brocart respirait l'opulence. Jamais elle ne s'était sentie aussi peu à sa place qu'en ce moment.

Les jambes tremblantes, elle traversa le salon et vint se placer devant les fenêtres pour observer l'île qui s'étendait en contrebas.

La végétation luxuriante d'un vert vibrant lui donnait un air bien plus accueillant que la montagne qu'elle avait escaladée la veille. L'océan semblait véritablement étinceler sous le soleil. Des vagues puissantes s'écrasaient contre les rochers tandis que d'autres venaient mourir plus paisiblement sur la plage.

Malgré la distance lui parvenaient des cris de joie ainsi que la musique censée célébrer le retour du roi après près de deux ans d'absence.

Ouvrant les fenêtres, elle se rendit sur le balcon et ferma un instant les yeux. La chaleur du soleil lui réchauffait la peau tandis que des chansons résonnaient depuis la cité ancienne.

Pour une raison inconnue, la joie manifeste de la population lui serra le cœur. Leur réaction n'aurait pourtant pas dû la toucher ainsi. Elle se moquait de ce que ces étrangers pensaient de Paris Apollo ou de ce qu'ils ressentaient en découvrant qu'il avait enfin quitté sa montagne. Tout cela ne changeait rien au fait qu'elle était prisonnière ni qu'elle ignorait ce qu'il comptait faire d'elle ou de Troy...

Une nouvelle vague de panique incontrôlable et bien plus puissante que la précédente monta en elle.

Persuadée que Paris Apollo la renverrait dès son arrivée à l'Hermitage, elle n'avait pas pris la peine d'emporter ses affaires personnelles. Et, même si elle l'avait voulu, Angelique Silvestri ne lui aurait jamais donné l'autorisation de prendre son portable. Après tout, sa présence sur l'île était censée demeurer secrète.

Le cœur battant à tout rompre, elle rentra à la hâte et fouilla ses appartements jusqu'à découvrir un antique téléphone à cadran rotatif sur l'une des petites tables du salon.

Elle le décrocha, s'attendant presque à entendre la voix d'un opérateur qui, à l'image des gardes, refuserait de transmettre son appel, mais seule la tonalité lui parvint.

Réfléchissant quelques secondes, elle se rappela comment passer un appel international comme elle l'avait fait si souvent durant son séjour en Angleterre.

Composant le numéro de sa tante, elle attendit le cœur battant qu'elle décroche, en vain.

Les heures qui suivirent, elle fit plusieurs tentatives qui se conclurent également par un échec. Il n'y avait toujours personne.

Inspirant profondément, elle s'efforça de combattre son anxiété. Elle avait sûrement commis une erreur en calculant le décalage horaire. Oui, il devait y avoir une bonne explication. Elle n'avait pas à s'inquiéter, mais c'était plus fort qu'elle.

Après ce qui lui sembla une éternité, les portes de ses appartements s'ouvrirent soudain, et elle se tourna s'attendant à découvrir Angelique Silvestri. Elle avait rempli sa mission et n'avait plus aucune raison de rester en Ilonia. Il ne restait plus qu'à la féliciter et à la remercier avant de l'escorter jusqu'à l'avion privé qui la ramènerait chez elle et lui permettrait de retrouver son fils et de le prendre enfin dans ses bras.

Las, ce n'était qu'un groupe de femmes discutant et riant entre elles tout en poussant une tringle couverte de vêtements divers.

— C'est l'heure de vous habiller ! annonça l'une d'entre elles d'un air enjoué. Oh ! quelle magnifique journée ! C'est vraiment un jour qui restera dans les mémoires !

Comme elles pénétraient dans la pièce, Madelyn découvrit des dizaines de robes toutes plus somptueuses les unes que les autres.

En temps normal, elle aurait été ravie de ne serait-ce que de se trouver dans la même pièce que ces véritables œuvres d'art conçues dans des tissus magnifiques et nobles, mais cette fois elle n'en tira aucun plaisir. Au contraire, elle était prodigieusement irritée.

— Je n'ai pas besoin de me changer. Je suis déjà habillée pour voyager, poursuivit-elle d'une voix fatiguée. Ce qui est parfait, car j'ai besoin de rentrer chez moi.

L'une des autres femmes lui adressa un sourire encore plus éclatant que la première.

— Notre monarque est enfin de retour auprès de son peuple. C'est un jour pour faire la fête et non pour voyager. Et en tant qu'invitée d'honneur de Sa Majesté, séjournant au palais, il vaudrait mieux que vous portiez une tenue conforme à celles des autres. Vous n'êtes pas d'accord avec moi ?

Madelyn voulut refuser mais renonça. Elle était trop épuisée pour se lancer dans une conversation interminable. Non, il valait mieux conserver son énergie pour les combats qui l'attendaient. Et ils seraient sans doute très nombreux.

Malgré elle, elle se rappela la façon dont il l'avait regardée la veille, ses yeux émeraude brillant d'un étrange éclat, qui l'avait fait frissonner d'inquiétude… mais également d'excitation. Elle ne pouvait pas le nier même si elle aurait aimé que ce soit le cas.

Poussant un soupir, elle suivit le groupe qui l'amena dans des pièces qu'elle n'avait pas encore pris la peine d'explorer jusqu'à rejoindre un dressing digne des plus grandes demeures de stars. Elle n'en avait d'ailleurs jamais vu de semblable si ce n'était dans des émissions télévisées ou au cinéma.

L'une des jeunes femmes l'invita à s'installer sur un petit banc situé devant une coiffeuse.

Les autres l'entourèrent aussitôt et commencèrent à discuter entre elles, et Madelyn les écouta d'un air distrait.

En toute honnêteté, la situation ne la dérangeait pas autant qu'elle le laissait paraître. Le véritable problème était que la dernière fois qu'elle s'était autant inquiétée de son apparence physique – choisissant ses tenues avec le plus grand soin, vérifiant son reflet dans le miroir plusieurs fois avant de quitter sa chambre – remontait à des années plus tôt. À cette époque fatidique où la première pièce de domino avait chuté, en entraînant une autre, et une autre, et encore une autre pour mener à la naissance de Troy…

Et à présent, elle se retrouvait dans un palais ! C'était inimaginable, incompréhensible même. Elle n'avait pas sa place en ces lieux !

Fermant un instant les yeux, Madelyn retint un soupir.

Il valait sans doute mieux considérer tout ce qui lui arrivait comme une histoire à raconter à Troy. Elle lui parlerait de ses aventures et de sa transformation en Cendrillon pour quelques jours. Il allait sûrement adorer.

Malgré elle, un sourire lui étira les lèvres comme elle songeait à son fils, mais il disparut rapidement lorsque trois femmes commencèrent à l'observer avec une intensité effrayante.

Sélectionnant plusieurs tenues, elles les approchèrent du visage de Madelyn, envisagèrent plusieurs teintes et matières avant d'en choisir une. Elles lui appliquèrent ensuite différents cosmétiques et s'occupèrent de sa coiffure avant de lui faire enfiler une robe.

Madelyn se laissa faire tout en se répétant que leur petit manège n'avait aucune importance. Ce seraient simplement des détails en plus à raconter à son fils un peu plus tard. Pourtant, elle ne put s'empêcher de se regarder discrètement dans le miroir quand elles lui firent quitter ses appartements.

Malgré ses bonnes résolutions, elle n'était peut-être pas aussi immunisée contre les contes de fées qu'elle le pensait, mais comment l'en blâmer ? Pour peu, elle aurait pu se croire dans un film tant le décor était somptueux.

Comme elle quittait l'aile des invités pour se rendre dans une autre aile du palais, elle constata soudain qu'elle se serait sentie encore moins à sa place si elle ne s'était pas changée. Non seulement ses vêtements étaient froissés après ce long voyage, mais tous ceux qu'elle avait croisés jusqu'à présent, y compris le personnel, étaient habillés avec goût et élégance.

— Où m'emmenez-vous ? finit-elle enfin par demander d'une voix aiguë.

Le palais était tellement magnifique et si richement décoré qu'elle ne pouvait pas s'empêcher de se sentir impressionnée. Elle n'avait vraiment rien à faire ici.

— Ceci est l'aile la plus moderne, expliqua l'une des femmes. Comme vous êtes américaine, vous vous sentirez sûrement mieux ici. Les Américains aiment tout ce qui est nouveau, n'est-ce pas ?

— Je..., commença-t-elle avant de s'interrompre.

Elle ne pouvait pas lui donner totalement tort. La majorité des bâtiments de Cambridge avaient été construits des centaines d'années avant le plus ancien édifice bâti aux États-Unis. Elle n'avait aucun moyen d'estimer l'âge du palais, mais le royaume d'Ilonia existait depuis des siècles.

Sa réaction sembla plaire à ses accompagnatrices qui lui adressèrent un grand sourire, et Madelyn ne put s'empêcher de les imiter.

— Sa Majesté est à la fois sage et attentionnée.

Madelyn ouvrit la bouche pour contester, mais elles ne lui en laissèrent pas le temps.

Accélérant le pas, elles lui firent traverser une cour en marbre et plusieurs longs couloirs décorés de hauts et magnifiques miroirs et tableaux qui couvraient des murs entiers. Ensuite, ils atteignirent une vaste salle qui lui coupa le souffle.

Bien qu'elles soient toujours à l'intérieur, elle avait l'impression de ne plus l'être. D'un côté, le ciel et l'océan semblaient s'étendre à l'infini derrière la paroi en verre. Et de l'autre, un trône étincelant, installé sur le dais et sous un treillis en marbre et en or, se trouvait devant un décor sculpté dans le bois qui rappelait un orgue au sein d'une cathédrale.

Le cœur battant, elle aperçut le roi Paris Apollo, qui se tenait debout vêtu d'une robe cérémonielle.

L'espace d'un instant, Madelyn eut du mal à respirer. Son rythme cardiaque s'accéléra, et un vertige la saisit. Elle avait l'impression de se retrouver au bord d'un sentier glissant sur le point de plonger dans le vide.

Elle avait toujours su qui il était. Il aurait fallu vivre dans une grotte pour ignorer qu'un prince étudiait à Cambridge. Et même après leur rupture, il lui avait été impossible de l'ignorer totalement, car il faisait régulièrement la une de la presse. C'était d'ailleurs comme ça qu'elle avait appris qu'il était devenu roi deux ans plus tôt dans des conditions tragiques.

Pourtant, durant les quelques semaines où ils s'étaient fréquentés, elle n'avait jamais réussi à voir en lui l'héritier d'une famille royale.

Il était riche, tellement riche qu'elle avait du mal à le concevoir. Et il était aussi incroyablement séduisant et sexy, et tout simplement parfait. Les instants qu'ils partageaient au lit ou en dehors étaient tellement magiques qu'elle n'avait pas le temps de songer au trône ou au rôle qu'il endosserait un jour.

Les termes « prince » ou « roi » n'étaient que des mots sans importance, car elle n'évoluait pas dans cet univers. Elle en était trop éloignée pour s'en soucier tant qu'elle l'avait, lui.

À présent, elle ne pouvait plus prétendre que ces mots n'avaient aucune importance. Paris Apollo ressemblait à un monarque sorti tout droit d'un livre d'histoire ou d'un film.

Non seulement il portait une couronne, mais sa robe rouge et noir qui ressemblait davantage à un costume qu'à une tenue cérémonielle lui donnait l'air encore plus attirant qu'en temps normal. Et il avait même un sceptre !

La gorge de Madelyn se serra, et sa poitrine la brûla douloureusement. Fermant les poings, elle s'efforça de reprendre le contrôle de ses émotions, en vain.

Dans l'espoir de se calmer, elle étudia le reste de la pièce, et s'aperçut soudain qu'une véritable foule s'y pressait.

Une rangée de sièges avait été installée au centre, et derrière elle, des dizaines de caméras et de techniciens.

Ses suivantes la menèrent à un siège situé au premier rang au pied des larges marches menant au trône.

Madelyn poussa un léger soupir de soulagement en voyant qu'elle était bien à l'écart des caméras. Malheureusement, sa seule présence semblait attirer de nombreux regards curieux.

Elle ne s'était jamais sentie aussi mal à l'aise ni aussi vulnérable comme si ses plus sombres secrets étaient sur le point d'être exposés au monde entier, comme si voir Paris Apollo assumer enfin le rôle pour lequel il était né signifiait qu'elle allait également devoir avouer le rôle qu'elle avait joué à son côté des années plus tôt.

C'était ridicule, vraiment. Elle n'avait rien à craindre. Ce n'était pas elle qui avait disparu pendant deux ans pour se cacher dans une forteresse au sommet d'une montagne isolée sur une île inhospitalière. Tous ces gens étaient là pour lui, et non pour elle.

Sur l'estrade, Paris Apollo était entouré de nombreux hommes et femmes vêtus de costumes noirs et de robes somptueuses. Tous tenaient des dossiers ou des blocs-notes tout en arborant un air sérieux.

Plissant les yeux, elle reporta son attention sur Paris Apollo dans l'espoir de découvrir ce qui allait se passer. Peut-être que si elle arrivait à retrouver l'homme qu'elle avait aimé autrefois dans le monarque qui se trouvait devant elle, tout ce cirque aurait enfin un sens ? Finalement, elle aurait préféré faire face à cet étranger aux traits durs et aux yeux accusateurs rencontré la veille et qui semblait pourtant plus accessible que le roi qu'il était devenu.

Celui-ci souriait toujours comme s'il souhaitait avoir l'air approchable alors qu'il se tenait sur une estrade devant son trône, vêtu d'une tenue cérémonielle. C'était presque comme s'il cherchait à réduire l'écart qui existait entre les différentes versions de lui qu'elle connaissait.

De nouveau, la panique monta en elle, et elle tourna la tête dans l'espoir de se calmer.

Le fond de la salle semblait disparaître dans le ciel étoilé grâce aux parois en verre. Pour peu, elle aurait pu imaginer les vagues venir mourir à ses pieds, directement à l'intérieur du palais pour assister au couronnement du roi.

L'espace d'un instant, elle eut envie de se lever et de se placer devant les baies vitrées pour profiter de la vue.

La résidence royale était située au sommet d'une majestueuse colline surplombant la ville. Ses lumières étincelaient sans doute dans la nuit et offraient probablement un spectacle magnifique.

De son point de vue, elle pourrait également apercevoir les impressionnantes falaises ainsi que le port et l'océan s'étendant à perte de vue.

En cet instant, elle avait pourtant l'impression que rien n'existait, mis à part le palais, comme s'ils avaient pénétré dans un autre monde où le monarque ilonien était également le dieu des océans.

Levant les yeux, elle observa Paris Apollo de nouveau, et un vertige la saisit. Il était tellement beau, tellement parfait !

Malgré elle, elle eut soudain l'impression d'être transportée dans ce *pub* cette nuit fatidique où sa vie avait basculé.

Avec les années, elle avait tenté de se convaincre que seul son manque d'expérience avec le sexe opposé expliquait pourquoi elle était tombée irrémédiablement amoureuse de lui aussi rapidement. Mais, à présent, il lui fallait avouer la vérité. Sa jeunesse et sa naïveté n'étaient que des excuses. Elle l'avait aimée à cause de l'homme qu'il était alors.

À l'époque, il lui avait semblé être une sorte de dieu vivant. Une part d'elle n'avait d'ailleurs pas été surprise qu'il l'abandonne aussi facilement. Ils étaient tellement différents. Non seulement ils évoluaient dans des mondes radicalement opposés, mais elle ne lui arrivait pas à la cheville. Le fossé les séparant était bien trop profond pour être comblé.

Peut-être avait-elle simplement eu de la chance de pouvoir le fréquenter, l'approcher et le toucher durant ces quelques semaines ? Peut-être le moment était-il venu d'apprendre à éprouver de la gratitude pour cette occasion unique qui lui avait été donnée et renoncer définitivement à la colère et au chagrin qui n'avaient jamais vraiment quitté son cœur ?

Une étrange sonnerie résonna, le tirant de ses pensées, et la foule se tut immédiatement.

Sur l'estrade, l'entourage de Paris Apollo disparut rapidement, le laissant seul, avec son trône et sa couronne, face à une salle remplie de curieux.

Madelyn attendit qu'il s'asseye, mais il resta debout pour faire face à l'assemblée.

Jetant des regards discrets à gauche et à droite, elle tenta de repérer le prompteur, mais n'en trouva aucun. Elle n'aurait pas dû être surprise. Il n'avait besoin de personne, elle aurait dû s'en rappeler.

— Mes chers Iloniens, commença-t-il d'une voix profonde, je suis profondément ravi et heureux de me tenir ici devant vous pour vous prouver que je suis non seulement en vie et en bonne santé, mais également pour vous annoncer que j'ai passé ces deux dernières années de deuil à devenir le roi que vous méritez.

Le souffle de Madelyn se bloqua dans sa gorge. Assise aussi près de l'estrade, il lui était facile d'oublier l'homme aux traits durs et au regard froid rencontré la veille à l'Hermitage. Et il aurait été encore plus facile de se laisser convaincre par la détermination contenue dans sa voix et dans ses yeux.

Pourtant, une part d'elle refusait de se laisser bercer par ses paroles. Il avait pourtant un discours rassurant, abordant ses rêves et ses espoirs pour son royaume, avant de passer à des questions plus pratiques comme ses responsabilités envers son peuple, son devoir en tant que roi ainsi que le décès de ses parents.

Plus il parlait, plus l'étrange torpeur qui l'avait saisie depuis son entrée dans la salle, l'empêchant de poser des questions à ses accompagnatrices ou même de refuser de les suivre un peu plus tôt semblait se dissiper.

En vérité, elle n'avait absolument aucune raison d'être présente, et surtout pas d'être assise au premier rang lors du discours adressé à son peuple. Elle n'était pas ilonienne, et elle n'était rien pour lui.

De plus lors de leur conversation de la veille, il lui avait fait comprendre qu'il était en colère contre elle. Il aurait été plus logique qu'il cherche à la punir en la jetant en prison ou dans des oubliettes. Un palais aussi ancien que celui-ci devait sûrement en avoir…

Quoi qu'il en soit, elle n'avait pas sa place dans cette salle à écouter un homme qu'elle ne connaissait pas et qui ne souhaitait probablement pas sa présence.

— Je suis parfaitement conscient que certains, qui respectent et aiment profondément ma famille et moi-même éprouvent néanmoins des doutes quant à ma capacité et à ma volonté d'assumer mes responsabilités envers vous, poursuivit-il avec un sourire. Mes parents ont toujours été très indulgents avec moi. J'ai pu agir à ma guise depuis mon plus jeune âge et j'en ai profité. Cette époque est révolue, déclara-t-il avec conviction, et mes parents nous ont quittés. La meilleure façon d'honorer leur mémoire est de devenir le fils qu'ils ont toujours cru que je deviendrais un jour.

S'avançant au bord de l'estrade, il posa les yeux sur Madelyn et descendit les quelques marches les séparant.

Arrivé devant elle, il lui tendit les mains, et elle resta immobile, trop choquée pour réagir.

Son entourage immédiat se mit aussitôt à murmurer et à pousser des petits cris excités, la poussant à se lever sans même qu'elle en ait conscience.

À présent, elle comprenait pourquoi ses accompagnatrices l'avaient guidée à ce siège. C'était l'emplacement idéal pour que le reste des invités puissent la contempler à loisir tout en permettant aux caméras de suivre chacun des gestes de Paris Apollo quand il la rejoindrait.

Lui prenant la main, il la mena en haut du dais, d'une démarche fluide et assurée alors qu'elle était à deux doigts de s'évanouir.

La guidant jusqu'au trône, il plongea ses yeux verts dans les siens, et le reste du monde disparut soudain. Il n'y avait plus que lui et la chaleur de sa peau contre la sienne.

Un frisson naquit au plus profond de son être, se répercutant en elle et la ramenant aux instants qu'ils avaient partagés des années plus tôt. Ces souvenirs qu'elle aurait mieux fait d'oublier, et auxquels il valait mieux ne pas songer en public, et surtout pas sous la lumière des projecteurs…

Malgré elle, des images s'imposèrent à son esprit, et elle se mordit les lèvres pour les chasser. Ce n'était pas le moment de songer au passé, car c'était son présent et son avenir qui étaient en train de se jouer en cet instant.

Pire encore, Paris Apollo semblait avoir deviné à quoi elle pensait. L'expression de son visage n'avait pas changé, mais une étincelle brûlante s'était allumée dans son regard. Quant à la pression de sa main, elle semblait légèrement plus forte.

Se tournant vers la foule, il reprit :

— C'est avec un immense honneur que je vous présente la future reine d'Ilonia.

Sa voix sembla résonner dans la salle et traverser les parois en verre pour atteindre l'océan.

Madelyn jeta des regards curieux autour d'elle, s'attendant à ce qu'une autre femme s'avance pour prendre sa place. Ce serait la vengeance parfaite, le coup de grâce à l'image de celui qu'il lui avait porté autrefois. Il ne manquait plus qu'Annabel lui adresse des paroles moqueuses avec un sourire cruel pour se retrouver six ans auparavant.

Lorsque rien ne se passa, elle comprit enfin qu'il était sérieux.

Une onde de joie la parcourut aussitôt, une réaction parfaitement stupide pour une femme sachant exactement ce que valaient ses promesses. Elle ne pouvait pas lui faire confiance, elle ne devait pas l'oublier.

Pourtant, une autre idée toute aussi saugrenue que la première lui vint à l'esprit, la déconcentrant de nouveau. Peut-être que ses parents seraient enfin fiers d'elle si elle devenait reine ?

Furieuse contre elle-même, elle faillit secouer la tête, mais un léger mouvement au fond de la salle attira son attention.

Son sang se figea dans ses veines quand elle aperçut sa tante Corinne, un grand sourire aux lèvres. Elle était accompagnée d'un petit garçon qui semblait de mauvaise humeur, car il était sans doute fatigué même s'il refusait de l'admettre.

— Vous ne pouvez pas faire ça, murmura-t-elle comme la foule applaudissait.

Elle n'avait même pas remarqué la réaction du public tant elle était distraite par ces considérations ridicules et par la soudaine apparition de son fils.

— Vous allez rapidement vous rendre compte du contraire, rétorqua-t-il en posant la main sur le micro accroché à sa robe. Je vous suggère de sourire, ma petite reine. Vous savez si bien le faire.

Madelyn retint un juron. Que pouvait-elle faire ? Il l'avait piégée !

Corinne se pencha et souffla quelque chose à l'oreille de Troy qui releva la tête. L'apercevant, il fit un grand sourire et sembla sur le point de courir pour se jeter dans ses bras.

Madelyn n'avait jamais été aussi furieuse. Comment osait-il jeter son fils en pâture à la presse ? N'avait-il donc aucune conscience ? Si ce qu'il lui avait confié sur ses parents était vrai, s'ils avaient véritablement été assassinés, la vie de Troy serait en danger lorsque le monde apprendrait qu'il était le fils de Paris Apollo !

— J'espère que vous apprendrez à connaître Madelyn comme je la connais, et que vous l'aimerez comme l'une des vôtres, dit-il sans se préoccuper de ce qu'elle ressentait.

Il porta la main à ses lèvres et sourit en avisant la lueur de colère brillant dans son regard.

— Notre mariage aura lieu dans moins d'un mois.

La foule applaudit à tout rompre et des cris de joie se firent entendre comme la sonnerie retentissait de nouveau.

Madelyn comprit que son discours était terminé… et qu'elle était tombée dans son piège. Il n'avait jamais eu l'intention d'annoncer l'existence de son fils au reste du monde. Non, si Troy était là, c'était uniquement pour s'assurer qu'elle se tiendrait tranquille.

Il craignait sans doute qu'elle tente de le contredire devant la presse et avait pris des mesures pour la réduire au silence. Et il avait réussi. Qu'elle le veuille ou non, aux yeux du monde, elle était à présent fiancée au roi d'Ilonia.

Une vague de panique monta en elle, et elle lutta de toutes ses forces pour ne pas s'écrouler.

Le piège s'était refermé sur elle. Son avenir était à présent irrémédiablement lié à un homme, un roi, à qui elle avait caché l'existence de son fils. Qu'allait-il advenir d'elle à présent ?

5

Paris Apollo méritait une médaille pour sa maîtrise de lui-même. D'autant qu'il était roi à présent, et qu'un seul de ses ordres avait valeur de loi.

Pourtant, il fallait bien reconnaître qu'il avait sous-estimé les conséquences de son retour au palais dans des circonstances aussi compliquées.

Il était de nouveau entre les murs qui l'avaient vu grandir, mais ses parents, eux, ne reviendraient jamais. Il allait devoir apprendre à vivre avec leur absence.

Il n'avait pas non plus anticipé la difficulté de se retrouver face à son fils, sa chair et son sang, tout en demeurant impassible. Il avait d'ailleurs dû lutter contre lui-même pour ne pas fendre la foule pour le rejoindre. Il ne pouvait pas se permettre d'attirer l'attention de la presse ou de ses ennemis sur un enfant innocent. Le moment n'était pas encore venu même s'il devait s'y préparer.

Quant à Madelyn… La présenter comme sa future reine lui avait coûté plus qu'il ne l'avait imaginé. Même maintenant, alors que la conférence de presse était terminée depuis plusieurs heures, il n'avait toujours pas réussi à se calmer.

C'était pourtant une décision logique, la seule qui ait un sens, mais ce qu'il ressentait en ce moment semblait prouver le contraire. Pour peu, il aurait presque pu croire qu'il avait agi sur un coup de tête ou sur le coup de l'émotion, ce qui ne lui ressemblait pas et était d'ailleurs très loin de la vérité.

Il fallait néanmoins avouer que lorsqu'il lui avait pris la main pour la mener en haut de l'estrade, il avait eu l'impression que les années qui s'étaient écoulées depuis leur rupture avaient cessé d'exister.

L'espace d'un instant, il était redevenu cet idiot rêveur convaincu qu'ils avaient un avenir ensemble. À l'époque, il s'était imaginé représenter davantage qu'une liaison passagère alors qu'il n'était qu'une « expérience » à rayer de sa liste et à oublier avant même que son avion n'ait quitté l'aéroport.

Après tout, de nombreux Américains étaient fascinés par le concept de royauté et rêvaient sans doute de rencontrer un prince ou une princesse.

Madelyn était probablement plus intéressée par son titre que par l'homme qu'il était lorsqu'il avait pris son innocence avec l'intention de se lier à elle pour toujours.

Quand sa main s'était refermée sur la sienne, il avait fait un voyage dans le temps pour retourner au moment précis où il avait découvert qu'il s'était trompé. Un torrent d'émotions s'était déversé en lui aussi douloureusement qu'au premier jour, mais il n'avait pas vacillé. Non, il était resté impassible, ignorant les sentiments qu'elle éveillait en lui comme il avait appris à le faire ces dernières et sombres années.

Et même s'il avait échoué à cacher entièrement ce qu'il ressentait, même s'il existait une infime chance que quelqu'un se soit rendu compte que Madelyn avait le pouvoir de le déstabiliser, ça n'avait aucune importance.

Il ne pouvait nier qu'il la désirait toujours. Son corps réagissait avec violence à sa présence, et elle semblait allumer un incendie au plus profond de son être à chacun de ses gestes.

Ces réactions étaient la preuve irrévocable que l'homme qu'il était autrefois n'avait pas entièrement disparu, qu'il existait encore au plus profond de lui, même s'il avait fait de son mieux pour l'oublier.

Pour autant, reconnaître la vérité ne l'obligeait pas à laisser ses émotions guider ses actes. Il s'était endurci durant ces deux dernières années, se promettant de venger ses parents quoi qu'il lui en coûte. Et il avait bien l'intention de tenir parole, car il ne vivait plus que dans un seul but : punir ceux qui les avaient assassinés.

— Comment osez-vous kidnapper mon enfant pour le faire parader au milieu de ce cirque médiatique ? demanda Madelyn, le tirant de ses pensées. Vous vous êtes servi de lui comme d'une arme ! Je ne sais pas ce qui vous est arrivé, même si je suis certaine que passer deux ans seul dans cette maudite forteresse vous a sûrement fait plus de mal que de bien. Vous avez perdu l'esprit si vous pensez que je vais vous épouser, déclara-t-elle avec colère.

Paris Apollo retint un sourire satisfait. La réaction de Madelyn prouvait que tout se déroulait exactement comme il l'avait prévu, ce qui était tout aussi bien. Ce plan avait été compliqué à mettre en œuvre.

Après avoir fait son discours d'introduction sous le regard des photographes et des journalistes, il avait présenté Madelyn et avait annoncé son intention de l'épouser et d'en faire sa reine. Il avait ensuite répondu patiemment aux questions des reporters malgré les étranges émotions qui l'avaient saisi en apercevant son fils au fond de la salle.

En le découvrant pour la première fois, il n'avait pas pu s'empêcher de se sentir mal à l'aise tant le petit garçon ressemblait aux photographies de lui quand il n'était lui qu'un enfant.

L'espace d'un instant, il avait d'ailleurs eu l'étrange envie de le rejoindre. S'il ne l'avait pas fait, c'était uniquement parce qu'il ne pouvait pas se le permettre.

La situation était complexe. Son peuple ainsi que ses ministres étaient inquiets de son séjour prolongé à l'Hermitage. Et à présent qu'il était de retour il ne devait pas commettre la moindre erreur.

Ce n'était pas l'unique raison, bien sûr. Non, il y avait

également le fait qu'il ne s'était jamais occupé d'un enfant et n'aurait pas su comment lui parler ou réagir en sa présence.

Pourtant, cette étrange émotion était bien présente comme s'il avait reconnu son propre sang d'un simple coup d'œil. À moins que sa réaction ne s'explique par le désir d'avoir de nouveau une famille après avoir perdu la sienne deux ans plus tôt ? Dieu seul savait combien il avait souffert de se retrouver orphelin, et cette plaie ne s'était toujours pas refermée.

Malgré tout, il avait réussi à s'en tenir au plan, car si le petit garçon était là, c'était uniquement pour faire pression sur Madelyn et non pour être présenté au monde comme l'héritier du roi Paris Apollo. Cette annonce-là devrait attendre. Le moment n'était pas encore venu.

Il avait d'ailleurs consacré de nombreuses heures, la nuit passée, à envisager chaque scénario et à vérifier chaque détail afin que tout se passe comme il l'avait prévu.

La présence du garçonnet était la garantie que Madelyn ne chercherait pas à contester sa décision, en public du moins. Il n'en serait pas de même en privé, comme elle venait de lui prouver, mais ça n'avait aucune importance. Il avait obtenu ce qu'il voulait. Qu'elle le veuille ou non, elle deviendrait sa femme.

C'était une stratégie parfaitement réfléchie et logique qui n'avait rien à voir avec les regrets ou les questions qui auraient pu le torturer depuis leur rupture.

Il ne pouvait pas laisser les fantasmes qu'il entretenait peut-être encore au plus profond de lui dicter ses décisions d'autant qu'il ne méritait pas d'avoir une famille. Pas après la façon dont il avait traité ses parents et surtout pas alors qu'il était sur le point de punir enfin son maudit cousin.

Rien ne devait se mettre sur son chemin et surtout pas Madelyn et leur fils même s'il aurait voulu qu'il en soit autrement ou justement parce qu'il aurait voulu qu'il en soit autrement.

L'assistant chargé d'amener le petit garçon dans la grande salle au moment convenu l'avait d'ailleurs escorté à l'extérieur, en compagnie de sa tante, dès qu'il lui en avait donné le signal d'un discret signe de la tête.

À la fin de son discours, il avait également permis aux accompagnatrices de Madelyn de l'emmener auprès de son fils, non, de leur fils, car c'était sans doute ce qu'elle souhaitait plus que tout au monde.

Sa seule erreur avait été de ne pas envisager qu'il puisse également en avoir envie alors qu'il avait songé à tous les détails pouvant perturber la conférence de presse.

Mais il n'aurait jamais pu imaginer qu'il ressentirait ce besoin presque viscéral de toucher le petit être qu'il avait créé avec Madelyn. C'était tout simplement inconcevable et pourtant... Jamais il ne s'était senti aussi peu maître de lui, même six ans auparavant quand Madelyn avait bouleversé son existence. C'était une sensation nouvelle, étourdissante et incompréhensible.

Retenant un soupir, il observa le soleil se coucher sur le palais, ce palais qui avait été son foyer durant des années et qu'il avait l'impression de découvrir de nouveau après sa longue absence. Deux ans passés à se terrer dans une forteresse de pierre, et des années à mener une existence faite d'excès en Europe loin de son pays et de ses parents.

Il lui tardait que la nuit tombe afin de mettre en pratique la deuxième étape de son plan. Celle pour laquelle il s'était entraîné durant sa retraite forcée.

Des mois durant, il avait développé de nouvelles compétences, à l'abri des regards, et personne ne savait de quoi le roi d'Ilonia était capable à présent. Il s'était transformé en une créature nocturne, une arme humaine capable de réaliser des actes que le protocole, la tradition, le système légal laxiste et bancal d'Ilonia ainsi que le décret royal ne pouvaient accomplir.

Sur la terrasse de ses appartements privés, où de nombreux rois iloniens s'étaient tenus pour contempler l'océan et les îles de l'archipel, Paris Apollo attendait que le soleil se couche enfin. Hélas, le temps semblait s'écouler anormalement lentement ce soir-là.

Il s'était changé, abandonnant sa robe cérémonielle, pour profiter d'un instant de solitude bien mérité.

Son propre père avait porté la même tenue peu avant sa montée sur le trône, et le petit garçon qui dormait peut-être dans l'aile la plus moderne et la moins utilisée du palais la porterait également un jour. Troy serait lui aussi amené à se tenir dans cette salle et à prononcer un discours semblable à son peuple quand le temps viendrait.

Songeant à son fils, Paris Apollo se passa la main dans les cheveux.

Il était père à présent, une réalité qui lui était encore plus difficile à accepter que celle d'être devenu roi deux ans plus tôt. Et à présent, il était sur le point d'assumer enfin la charge qui lui avait été confiée...

Il avait planifié chaque détail, passé en revue chaque invité et relu son discours des dizaines de fois pour que tout soit parfait. Les événements de la journée, aussi importants soient-ils, ne l'avaient donc pas rendu nerveux. Ce n'était qu'une étape, essentielle, dans la réalisation de son plan.

Il aurait dû se réjouir que tout se soit passé comme il l'avait prévu mais, pour l'instant, il était davantage préoccupé par la femme qui était devenue sa fiancée et qui allait bientôt le rejoindre pour leur premier dîner en tant que couple officiel que par ses nouvelles responsabilités.

Si seulement il avait pu se débarrasser de ce désir irrépressible qu'elle éveillait en lui dès qu'ils se retrouvaient dans la même pièce. C'était incompréhensible, vraiment, à quel point son corps réagissait à chacun de ses regards et de ses gestes comme s'ils n'avaient jamais rompu, comme si ces six dernières années ne s'étaient pas écoulées.

Il se rappelait chaque soupir, chaque caresse, chaque éclat de rire, chaque instant brûlant qu'ils avaient partagé autrefois.

Et l'incendie qui s'était calmé en son absence ne laissant que quelques braises couvant sous les cendres s'était rallumé dès l'instant où elle était apparue devant lui, les cheveux humides et les vêtements chiffonnés par les longues heures de voyage.

Après ce qui lui avait semblé une éternité, Madelyn était enfin apparue.

Elle portait toujours la robe qu'elle avait enfilée pour la conférence de presse, et il devait reconnaître qu'elle lui allait comme un gant. Elle ressemblait à une reine moderne, la reine idéale, parfaite pour son royaume et pour lui.

Dès l'instant où elle lui avait appris la vérité, il avait décidé de l'épouser, car c'était la seule solution pour s'assurer que son fils soit reconnu comme héritier légitime.

Il n'avait pas non plus envisagé un instant d'acheter son silence tandis qu'il épousait une autre femme. Non seulement le palais était au courant de son existence, mais il ne pouvait pas se permettre de fournir une arme sous la forme d'un test ADN à ses ennemis. Le risque était trop grand même s'il l'avait voulu, ce qui n'était pas le cas. Il ne pouvait pas imaginer une autre femme à ses côtés.

Madelyn était une roturière, une personne parfaitement normale comme la majorité de ses sujets. Et avec un peu de chance, l'histoire de leur rupture – une version édulcorée, bien sûr, mise au point par l'équipe de communication du palais – la rendrait encore plus sympathique aux yeux de ses concitoyens.

La famille royale se devait d'être un symbole, mais Madelyn était une femme qui avait traversé de nombreuses épreuves et relevé bien des défis pour prendre sa place auprès de lui. Le récit de ses combats trouverait écho dans le cœur de son peuple qui ne manquerait pas de l'accueillir à bras ouverts et finirait par l'aimer comme si elle avait toujours été l'une des leurs, rendant son travail plus facile.

Même le scandale causé par l'annonce de l'existence de leur

enfant, s'il était géré de façon intelligente, lui permettrait de marquer des points auprès de ses futurs sujets.

Madelyn était la femme parfaite, et il avait bien l'intention de tirer avantage de sa présence pour asseoir son autorité de roi.

Il pouvait même reconnaître qu'il admirait sa force de volonté, y compris la façon dont elle avait ignoré ses gardes pour faire irruption dans ses appartements comme s'il n'était pas roi, comme s'il n'était qu'un homme comme un autre à ses yeux, comme si les règles de protocole n'avaient plus cours lorsqu'ils étaient seuls.

Ses parents avaient toujours agi ainsi, et il aimait à s'imaginer qu'ils auraient approuvé la reine qu'il s'était choisie, si différente des femmes qu'il avait fréquentées ces dernières années.

Son insistance à se venger ainsi que son absence durant la petite enfance de son fils les auraient attristés sans doute mais, sur ce point, ils auraient sûrement été heureux pour lui.

« Un homme a besoin d'une véritable partenaire. Il ne peut rien accomplir en collectionnant les conquêtes. »

C'était ce que son père lui avait dit il y a longtemps après qu'il avait fait la une des magazines en compagnie d'une actrice dont il connaissait à peine de nom.

« J'aime les aventures sans lendemain. Tout est plus facile, et j'ai toujours détesté les complications. »

Il avait rejeté les objections de son père avec un sourire, mais celui-ci ne s'était pas démonté. Il avait même insisté.

« Ce n'est pas ce qu'un roi cherche chez sa reine. J'espère sincèrement que tu comprendras ce que je veux dire avant de te retrouver piégé dans une relation qui ne te convient pas. Je veux que tu sois heureux. »

Il avait semblé véritablement inquiet, mais Paris Apollo ne l'avait pas écouté. Il avait même éclaté de rire, car il était alors convaincu qu'il s'écoulerait des décennies avant qu'il ne monte sur le trône.

« Père, je t'en prie. Je suis incapable d'être malheureux, tu le sais aussi bien que moi. »

Comme il s'était trompé ! Et comme il aurait aimé pouvoir retourner à cette époque où il avait encore le droit de se montrer insouciant. Il aurait profité davantage des instants passés avec ses parents au lieu de rejeter en bloc tous leurs conseils.

Son père avait raison : il était coincé. Il n'avait pas le choix, il devait épouser Madelyn, mais ce mariage ne signifiait pas qu'il serait malheureux pour autant. Il avait d'ailleurs bien l'intention de profiter de la situation pour obtenir ce qu'il voulait. C'était là le seul point positif au retour de Madelyn dans sa vie.

Cette fois, il ne commettrait pas la même erreur. Il allait prendre du bon temps avec elle sans se bercer d'illusions et sans perdre de vue ses objectifs. Il n'était plus ce jeune idiot convaincu qu'elle était la femme de sa vie. Il était plus sage à présent et, surtout, plus prudent.

Malgré lui, il fut incapable de contrôler la vague de désir incandescent qu'elle éveilla chez lui tandis qu'elle lui faisait des reproches, s'insurgeant à propos de la façon dont il l'avait traitée lors de la conférence de presse.

Pour autant, il n'était pas inquiet. Il n'était qu'un homme après tout, et Madelyn était une femme. Une femme incroyable, sexy, passionnée, intelligente, inoubliable... qui lui appartenait qu'elle le veuille ou non.

Ils avaient passé des instants merveilleux ensemble autrefois, et il n'y avait aucune raison pour qu'ils ne profitent pas de l'occasion pour se donner du plaisir.

Si leur rupture lui avait appris une chose, c'était qu'il préférait avoir une véritable partenaire capable de le rendre fou de désir, mais également de l'écouter et de le défier quand elle l'estimait nécessaire. Il ne voulait pas d'une maîtresse sans cervelle qui se contenterait de parader à son bras.

Malgré tout, il n'avait pas l'intention de lui donner davantage de pouvoir. Il avait appris la leçon. Cette fois, il ne se laisserait pas aveugler par ses émotions.

Levant les yeux, il nota que le ciel avait pris des teintes roses mêlées d'orange et de jaune. La nuit n'était décidément pas prête à tomber.

— Vous ne m'écoutez même pas ! s'insurgea Madelyn, le tirant de ses pensées.

Elle se tenait à côté de lui, les mains sur les hanches et le visage rouge.

— Comment osez-vous impliquer mon fils dans cette histoire ? Il n'avait rien à faire dans cette salle avec tous ces gens et ces caméras ! ajouta-t-elle avec colère. Il ne devrait même pas se trouver au palais. Ce n'est pas un endroit pour les enfants !

— J'y ai été élevé, fit-il remarquer d'une voix calme. Même si ça ne doit sans doute ni vous consoler ni vous rassurer...

Autrefois, il lui était facile de prétendre qu'il se moquait de tout tant qu'il pouvait prendre du bon temps mais, à présent, les choses avaient changé. Sa rupture avec Madelyn et la mort de ses parents l'avaient changé.

Se retournant, il s'appuya contre la rambarde pour lui faire face et l'observer à loisir.

Malgré lui, la beauté farouche de Madelyn le frappa de plein fouet et sembla illuminer le crépuscule. Ce lien étrange qui les unissait autrefois et n'avait jamais disparu se resserra soudain autour de lui, et une puissante vague de désir monta en lui.

— Je veux que vous m'écoutiez, reprit-elle en plongeant ses yeux gris dans les siens. Troy n'est pas un jouet dont vous pourrez vous servir pour arriver à vos fins. Ça n'arrivera pas ! Et je n'ai pas l'intention de vous épouser. Vous ne vous souvenez peut-être pas de moi ou de ce qui s'est passé entre nous, mais ce n'est pas mon cas. Et je me souviens aussi de ce que cette rupture m'a coûté. J'ai survécu tout en élevant un enfant dont vous ignoriez l'existence jusqu'à hier.

Paris Apollo retint un juron. Ce n'était pas malin de sa part de lui rappeler qu'elle lui avait menti par omission durant près de six ans. Il ne lui avait toujours pas pardonné, et la rage qui l'habitait ne l'avait pas quitté. Elle s'était mêlée à celle qui lui brûlait le cœur depuis le décès de ses parents.

Ce n'était pourtant pas le moment de la laisser exploser et surtout pas de la diriger contre sa future reine. Non, le temps de la vengeance viendrait bientôt. Il devait simplement se montrer patient.

— Vous allez m'épouser, la corrigea-t-il d'un ton autoritaire.

Madelyn n'avait pas le choix. Elle aurait beau contester sa décision, rien ne changerait. Une part de lui – dont il aurait probablement dû avoir honte – souhaitait presque qu'elle se rebelle contre sa décision jusqu'au bout.

C'était probablement cette même part de lui qui réagissait à chacun de ses gestes et étudiait la moindre de ses réactions à la recherche d'un signe, d'une preuve qu'elle le désirait autant qu'il la désirait même si elle refusait de le reconnaître. Un aveugle aurait pu affirmer que des étincelles naissaient entre eux dès qu'ils se retrouvaient dans la même pièce...

— Vous et moi allons prononcer nos vœux devant mon royaume et le monde. Notre relation sera à la fois harmonieuse et une source d'inspiration pour nos concitoyens même si ce n'est qu'une illusion. Heureusement pour moi, la mère de mon fils est charmante. Ça ne devrait pas me surprendre, car j'ai toujours eu bon goût, ajouta-t-il avec un sourire narquois. Vous êtes également une femme qui ne craint pas de relever des défis et qui a traversé de nombreuses épreuves. Le peuple va vous adorer, j'en suis certain.

— Je me moque qu'ils m'adorent ou non ! s'écria-t-elle, sa poitrine se levant et s'abaissant rapidement comme si elle était essoufflée.

Il la contempla, fasciné, tout en songeant aux instants qu'ils avaient partagés autrefois lorsque son corps nu était plaqué contre le sien, son cœur battant la chamade et son souffle chaud lui caressant le torse.

Elle poussa un gémissement, le tirant de ses pensées, et il reporta son attention sur son visage.

— Ce n'est pas un jeu, Paris Apollo. C'est de ma vie qu'il s'agit !

— Vous êtes la mère de mon héritier, déclara-t-il d'une voix impassible dans l'espoir de cacher l'incendie qui couvait en lui. Selon la loi ilonienne, sa vie est à présent plus importante que la vôtre ou que celle de toute autre personne de ce royaume mis à part la mienne. C'est un système de croyances archaïque, j'en conviens, mais ça ne change rien. Les régimes monarchiques accordent la plus grande importance à la préservation de leur lignée. L'héritier est au centre de toutes les préoccupations.

À ces mots, le regard de Madelyn s'assombrit comme elle se mordait les lèvres.

De nouveau, il suivit son geste comme hypnotisé. C'était plus fort que lui. Il savait pourtant où cette obsession risquait de le mener. Elle avait déjà failli le briser six ans plus tôt.

— Je ne vous empêcherai pas de faire partie de la vie de Troy si c'est ce que vous souhaitez, dit-elle d'un air magnanime comme si elle venait de faire une énorme concession.

N'avait-elle pas compris qu'elle n'avait pas le choix ? Il s'était assuré qu'elle ne pourrait jamais lui échapper, mais elle ne savait visiblement pas qu'elle n'avait aucune chance.

— J'aurais dû vous impliquer dans sa vie depuis le début, je le reconnais à présent.

— Vraiment ?

Son ton de voix s'était fait plus sec, mais il éprouvait de plus en plus de difficultés à se contrôler.

Ayant perçu son changement d'humeur, Madelyn laissa retomber ses bras.

— J'espère que vous savez que je ne vous ai pas menti quand j'ai dit que je n'avais pas pensé à vous contacter ? C'est la preuve, une de plus, que nous sommes très différents l'un de l'autre. Je n'aurais jamais pu imaginer qu'un homme comme vous, ayant grandi dans un palais et qui monterait un jour sur le trône, se soucierait de quelqu'un comme moi. Vous parlez d'héritier et de succession, continua-t-elle en secouant la tête, mais je n'ai jamais pensé à ça. À mes yeux, Troy n'a jamais été le fils d'un roi, il est mon enfant avant tout. Je sais maintenant que vous souhaitez apprendre à le connaître et j'en suis très heureuse.

— En effet, vous avez l'air ravie, Madelyn, rétorqua-t-il, sarcastique.

Ignorant sa remarque, elle reprit :

— Je suis certaine que Troy sera très content de rencontrer son père. Il a toujours voulu en avoir un...

Elle s'interrompit un instant comme si elle cherchait ses mots.

— Nous avons des décisions importantes à prendre concernant son avenir, mais cette situation ne fait pas de moi une bonne candidate pour devenir votre femme et encore moins votre reine.

Paris Apollo attendit en silence qu'elle continue.

— Je n'ai rien d'une reine, affirma-t-elle en riant. C'est une idée complètement ridicule. C'est absurde !

Elle rit de nouveau comme pour mieux appuyer ses propos.

— Il est trop tard pour revenir en arrière, ma petite reine, déclara-t-il d'une voix douce. Les dés ont déjà été jetés, je le crains. La situation est extrêmement complexe, et vous n'avez pas la moindre idée du danger que court votre fils en tant que futur héritier au trône. Pour sa sécurité et la vôtre, vous devez rester sous ma protection.

— Nous n'aurions jamais eu besoin de votre protection si vous nous aviez laissés en paix ! rétorqua-t-elle.

— Vous semblez oublier que ce n'est pas moi qui vous ai retrouvée, fit-il remarquer en haussant les épaules avec nonchalance.

Ils étaient sur sa terrasse privée, mais rien ne garantissait qu'ils n'étaient pas observés. Il devait impérativement continuer à jouer le rôle du roi paresseux et indolent que ses ennemis voyaient en lui.

Forçant un sourire, il ajouta :

— Si Angelique a réussi à vous retrouver, n'importe qui peut en faire autant, y compris mes ennemis. Et croyez-moi, vous ne voulez pas songer à ce qui se serait passé s'ils étaient arrivés avant elle.

— Est-ce une menace ? demanda-t-elle froidement.

Paris Apollo éclata de rire.

— Je ne vous menace pas, non, répondit-il en insistant sur le premier mot.

— Je suis prête à faire n'importe quoi pour Troy, c'est évident, mais je refuse de vous épouser. Je n'arrive même pas à comprendre comment vous avez pu me demander de devenir votre femme. C'est complètement ridicule, et...

— Madelyn, la coupa-t-il d'une voix grave.

Il n'avait pas haussé le ton, car c'était inutile. Sa décision était prise. Il n'y avait plus de retour en arrière possible. Elle lui appartiendrait bientôt qu'elle le veuille ou non.

— Ce n'était pas une demande.

De l'autre côté de la terrasse, des serviteurs apparurent pour apporter le dîner.

S'écartant de la balustrade, Paris Apollo invita Madelyn à le suivre d'un geste de la main. Il veilla à se montrer particulièrement courtois, mais elle se contenta de le regarder comme s'il était devenu fou.

Tournant les talons, elle s'éloigna dans un bruissement d'étoffe, et il dut retenir un sourire tant sa réaction l'amusait. Vraiment, chaque moment passé en sa compagnie était un véritable délice. Et, cette fois, il profiterait de ces instants sans perdre la tête. Il n'était plus aussi naïf qu'autrefois. Non seulement l'intensité de cet étrange lien qui les liait ne le surprendrait plus, mais il avait également un objectif à atteindre dont rien ne pourrait le détourner, même pas Madelyn.

S'installant, il ordonna aux serveurs de quitter la terrasse et contempla la multitude de plats qui couvrait la table.

Il avait demandé un dîner simple, mais les chefs avaient visiblement souhaité fêter son retour. Il y avait des plats iloniens, bien sûr, mais également d'autres mets inspirés des cuisines portugaise et espagnole. Et ils avaient tous l'air délicieux.

Pourtant, il ne fit pas un seul geste, se contentant d'attendre en observant Madelyn.

Elle fronça les sourcils en avisant son assiette, et sa mauvaise humeur s'accentua quand elle prit note des dizaines de plats posés devant elle. Elle atteignit cependant son paroxysme quand son regard se posa sur lui.

— Étais-je un piètre amant ? demanda-t-il d'un ton léger. Est-ce la raison pour laquelle vous êtes tant opposée à ce mariage ?

Madelyn rougit aussitôt, et il dut se retenir pour ne pas sourire.

La rougeur qui s'étalait sur ses joues s'accentua, descendant dans son cou avant de disparaître sous sa robe, et il la contempla, fasciné. Jusqu'où continuait-elle exactement ? Il brûlait de le découvrir.

Selon son expérience et ses souvenirs qui étaient plus vivaces que jamais, elle poursuivait sans doute sa course jusqu'au cœur de sa féminité.

Malgré tout, elle garda le silence tout en ayant l'air mal à l'aise.

De nouveau, Paris Apollo dut lutter pour ne pas sourire comme il prenait une bouchée de ragoût.

— J'en conclus que ce n'est pas le cas. J'en suis soulagé.

— Je suppose que je ne devrais pas être étonnée que vous ne vous intéressiez qu'au sexe, rétorqua-t-elle en prenant une gorgée d'eau. Comme si ce genre de détail insignifiant avait une quelconque importance ! Nous ne parlons pas d'une aventure d'un soir, Paris Apollo, mais bien d'un mariage. Je sais que ça ne représente rien pour vous, ajouta-t-elle avec une grimace de dégoût. Vous ne vous intéressez qu'à la dynastie et à la survie de votre lignée comme tout héritier royal, je suppose. Je me trompe ?

— Non, pas du tout. Après tout, si je venais à disparaître, le pays entier disparaîtrait avec moi. Nous n'avons pas de gouvernement ou qui que ce soit qui pourrait me remplacer en cas de besoin, affirma-t-il, caustique.

Madelyn pinça les lèvres, mais la rougeur de son visage s'atténua.

— C'est très étrange, mais je me souviens d'une époque où la perspective de monter sur le trône vous aurait rendu hilare. Et pourtant vous êtes là ! Vous espérez vraiment que je vais croire que l'homme le plus insouciant et le plus imprudent que j'ai jamais connu s'inquiète sincèrement pour son fils ? C'est impossible, dit-elle en secouant la tête. Je sais que vous en êtes incapable. Vous ne vous êtes jamais soucié de qui que ce soit, et surtout pas de ce que je pouvais ressentir ou de ce qui pouvait m'arriver, conclut-elle en plongeant ses yeux dans les siens.

Malgré lui, l'intensité de son regard le déstabilisa. Pour une raison inconnue, il se sentait à la fois mal à l'aise et… diminué. Il n'avait pourtant rien à se reprocher. Au contraire, il l'avait aimé plus qu'elle ne le méritait. C'était là sa seule erreur.

— Je ne représentais rien pour vous. Je ne représente rien pour vous, corrigea-t-elle avec rage. Alors, dites-moi, pourquoi devrais-je me lier légalement à un homme comme vous ? Pourquoi voudrais-je vivre un tel enfer ?

Avisant qu'elle ne s'était toujours pas servie, il s'en chargea, profitant de ces quelques secondes de répit pour digérer ses paroles ou au moins trouver une façon discrète de changer de sujet.

— Comme je vous l'ai déjà dit, expliqua-t-il d'un ton patient, les dés ont déjà été jetés. On ne peut pas retourner en arrière.

— Alors, changez la donne ! s'énerva-t-elle. N'êtes-vous pas censé être le roi ?

Paris Apollo resta silencieux. Il ne pouvait pas se permettre de répondre quand il était à deux doigts de perdre son sang-froid. C'était plus fort que lui. Dès qu'il était en sa présence, son sang semblait se transformer en lave incandescente, et une flèche ardente se fichait dans ses reins, lui enjoignant de l'embrasser pour soulager la morsure du désir qui le torturait sans répit. Il ne pouvait pourtant pas aller trop vite.

Pour l'instant, tout se passait exactement comme il l'avait prévu, et il était hors de question de commettre une erreur parce qu'il était incapable de contrôler le désir qu'elle lui inspirait.

Madelyn Jones était sa future femme, sa future reine et la mère de son fils. L'existence de Troy, bien qu'elle ait été une surprise, s'avérait être en fait une véritable bénédiction, car il avait besoin d'un héritier pour consolider sa position.

La bataille pour le trône serait pratiquement gagnée à l'instant où il présenterait officiellement Troy comme son héritier légitime. Konos, son cousin, se verrait ainsi privé de ses meilleurs arguments pour contester son accession au trône.

Il aimait à le présenter comme un libertin sans cervelle qui n'avait qu'un seul talent : apparaître à la une des magazines *people*. Selon lui, le nom de Paris Apollo était et serait toujours irrémédiablement lié au scandale. Un homme comme lui ne pouvait donc pas devenir roi, car il était incapable d'assumer des responsabilités aussi lourdes.

L'existence d'un héritier âgé de cinq ans et d'une future reine provoquerait certes la surprise de son peuple, mais elle était également un frein aux ambitions de Konos.

Lorsqu'il s'était rendu à l'Hermitage, ses sujets et les membres de son gouvernement ne voyaient en lui qu'un homme instable qui risquait de compromettre l'avenir et la sécurité du pays. Il était descendu de cette montagne en roi prêt à assumer son rôle.

Son cousin, aussi perfide soit-il, n'aurait jamais pu imaginer que la situation puisse changer aussi rapidement en un peu moins de deux ans. Après tout, lui-même n'avait jamais cru revoir Madelyn un jour ni apprendre qu'il avait un fils avec la femme qui lui avait brisé le cœur.

Cette dernière ne souhaitait pas devenir reine, mais son opinion n'avait en fait aucune importance. Ils étaient au royaume d'Ilonia. Il n'avait même pas besoin de son autorisation pour l'épouser. Il n'avait qu'à en donner l'ordre, mais il était sans doute inutile de lui préciser ce détail ni de lui donner un aperçu des lois iloniennes. Pas pour l'instant, du moins.

Aussi se contenta-t-il de garder le silence tout en tournant légèrement la tête pour apercevoir le coucher du soleil. Le ciel avait pris des teintes rosées lui rappelant celle de sa peau quelques minutes plus tôt.

— C'est ridicule ! s'exclama Madelyn, visiblement irritée. Vous vous attendez vraiment à ce que je reste assise ici à partager mon repas avec vous ? Il me semble que ça dépasse de très loin le cadre de mes obligations. Votre ministre m'a amenée ici pour vous faire descendre de votre montagne et vous annoncer que vous aviez un fils, expliqua-t-elle comme il fronçait les sourcils. Je n'ai jamais accepté de vous épouser.

— J'ai beaucoup voyagé, mais je n'ai jamais mangé un pain aussi délicieux que le pain ilonien, commenta-t-il, s'efforçant à prendre un air indolent.

Il se permit même de sourire.

— Vous n'êtes pas obligée de me croire. Goûtez, l'encouragea-t-il, j'en ai mis sur votre assiette.

Madelyn secoua la tête, exaspérée.

— Vous n'êtes même pas capable de prendre cette conversation au sérieux. Vous ne faites que jouer la comédie.

— Jouer la comédie ? répéta-t-il en prenant son verre de vin. J'ai toujours aimé les bons films.

— Hier, vous vous amusiez à jouer les durs dans votre forteresse en pierre en affichant un air féroce, et aujourd'hui, vous vous prélassez à table en agissant comme si rien n'avait d'importance, et en faisant des remarques que vous pensez spirituelles. Quelle version est vraie ? l'interrogea-t-elle en plissant les yeux. Y en a-t-il seulement une ?

Paris Apollo retint une grimace. Madelyn commençait à devenir un peu trop insistante à son goût d'autant qu'elle était la seule à avoir réussi à faire tomber son masque.

Des années durant, il s'était répété qu'il avait simplement commis une erreur. Comme d'autres hommes avant lui, il s'était fait piéger par un joli visage et un corps de rêve. Il n'était pas le premier et sûrement pas le dernier à qui ce genre de mésaventure arriverait.

Aujourd'hui, il devait bien admettre la vérité. Madelyn avait toujours le pouvoir de le percer à jour. Heureusement, elle semblait être la seule à en être capable, mais la situation n'en demeurait pas moins problématique, car cela ne faisait définitivement pas partie de son plan.

Lentement, il fit tourner son verre avant de lever les yeux vers elle.

Son ventre se contracta douloureusement, mais il se força à l'ignorer.

— Je suis le roi d'Ilonia, déclara-t-il simplement. C'est la seule chose que vous avez besoin de savoir sur moi.

— Je me moque que vous soyez roi, rétorqua-t-elle, ses yeux gris brillant d'un éclat solennel.

Comment pouvait-elle se leurrer à ce point ? Elle n'avait pas le choix mais ne semblait toujours pas l'avoir compris.

— Ce qui m'intéresse est que vous deveniez un véritable père pour Troy, et qu'il ne soit pas en danger simplement parce qu'il est votre fils. C'est tout.

À ces mots, Paris Apollo songea à son père, un homme respecté et aimé de tous. Il était monté sur le trône à la mort de son propre père et avait fait de sa jeunesse et de son manque d'expérience de véritables atouts.

Il avait invité ses sujets à lui parler de leurs inquiétudes, suivant ainsi une ancienne tradition abandonnée depuis longtemps encourageant les monarques à se rapprocher de leur peuple. N'importe quel citoyen pouvait ainsi se rendre au palais un jour par mois et demander une audience durant laquelle il avait l'occasion de lui faire des demandes ou de se confier à lui. Cette décision lui avait donné l'image d'un souverain bienveillant qui s'inquiétait réellement pour son peuple.

En privé, Aether avait été un homme bon, juste et peut-être un peu trop généreux. Il avait toujours conservé son sens de l'humour comme si ses responsabilités de roi étaient moins importantes que le bien-être de son épouse et de son fils.

Il avait d'ailleurs toujours été à son écoute, lui donnant l'impression qu'il serait là pour lui, peu importe la situation. Et il avait refusé de l'envoyer à l'internat ou de le confier à des tuteurs comme le faisaient souvent les membres de la famille royale.

— J'ai l'intention de devenir un excellent père pour mon fils, affirma-t-il d'un air sérieux.

Il était incapable d'en dire plus, car les mots étaient insuffisants pour décrire son admiration pour son père, surtout en ce moment. Il était bien trop préoccupé par son besoin d'obtenir justice pour songer à autre chose.

— D'une façon ou d'une autre.

— Vraiment ? s'enquit-elle d'un ton sec comme si elle refusait de le croire. Vous n'avez même pas pris la peine de le rencontrer après lui avoir fait traverser la moitié du globe pour l'utiliser contre moi.

Elle se leva d'un bond, et il l'imita sans même y penser. Traversant la terrasse, elle rejoignit la porte de ses appartements et se tourna pour lui faire face.

Les derniers rayons du soleil étaient sur le point de disparaître tandis que la nuit tombait enfin. La température s'était rafraîchie, mais l'atmosphère était électrique.

Une tempête semblait être sur le point d'éclater dans ses magnifiques yeux gris, mais il s'en moquait. Seules comptaient ces vibrations qui se répercutaient dans chaque fibre de son être, lui enjoignant d'assouvir enfin ce désir intense qu'elle lui inspirait. Ce désir qui n'avait jamais disparu, malgré le temps, la distance, et la douleur qu'elle lui avait infligée.

— Je suis très sérieuse, déclara-t-elle d'une voix calme, trahissant néanmoins sa colère. C'est de la vie de Troy dont il s'agit. Je ne sais pas à quel jeu vous jouez, mais son bonheur a plus d'importance que vos traditions ou vos intrigues royales. Il n'a rien à voir avec tout cela !

— Vous vous trompez.

Il ne pouvait pas se permettre de se laisser attendrir par des émotions superflues. Il avait un objectif à atteindre, il ne devait pas l'oublier.

— Durant cinq ans, vous avez été le centre de son univers, mais ce n'était qu'une illusion, Madelyn. J'aurais agi plus tôt si j'avais été au courant de son existence. Vous pouvez penser ce que vous voulez, continua-t-il en levant la main pour lui intimer le silence, mais un fait demeure. Vous aurez beau trouver des excuses ridicules pour justifier votre décision, ça ne changera rien. Je suis le roi d'Ilonia.

— Je suis censée être impressionnée par...

— Je me contente de vous rappeler les faits, la coupa-t-il froidement, parce que vous semblez déterminée à les oublier. Mon fils est le prince héritier, et il le restera que vous m'épousiez ou non, car c'est son droit légitime en vertu du sang qui coule dans ses veines.

— Merveilleux ! s'exclama-t-elle, sarcastique. C'est donc une raison de moins de nous marier.

Cette fois, Paris Apollo s'autorisa à soupirer.

— Notre union conférera une aura de respectabilité à toute cette histoire. Elle garantira également qu'aucun autre héritier potentiel ne vienne revendiquer le trône à la place de Troy si je venais à mourir.

Madelyn grimaça.

— Je ne veux pas que Troy soit impliquée dans la bataille pour votre stupide trône !

Loin de se mettre en colère, Paris Apollo ignora sa remarque.

— J'ai parfaitement conscience que mon peuple s'est montré particulièrement tolérant envers moi quand je n'étais qu'un jeune prince célibataire et que mes parents étaient encore en vie, commença-t-il en souriant, mais la situation a changé.

Il aurait pourtant tout donné pour revenir en arrière, mais Madelyn n'avait pas besoin de le savoir. Ce n'était pas une conversation qu'il souhaitait avoir avec elle. Surtout pas maintenant.

— Il vaut mieux que je me présente comme un roi mature et sage, prêt à assumer ses responsabilités avec une épouse et un fils pour le prouver.

Madelyn combla la distance qui les séparait, ses yeux brillant d'un éclat furieux, mais elle s'arrêta à quelques centimètres de lui et appuya son index au centre de son torse.

Paris Apollo haussa les sourcils. Ce n'était pas tant son geste qui le surprit, mais plutôt sa décision de le toucher alors qu'elle affirmait ne pas l'avoir oublié. Si c'était vraiment le cas, elle aurait su qu'il leur suffisait de s'effleurer pour perdre le contrôle de leurs émotions et de leur corps. Il en avait toujours été ainsi entre eux.

— Vous ne parlez que de vous, de ce que vous voulez, de ce dont vous avez besoin. Il n'y en a que pour vous ! Et vous voulez me convaincre de vous épouser ? demanda-t-elle, incrédule. Et ce, dans le seul but de persuader vos concitoyens que vous serez un bon roi alors que vous n'êtes qu'un salaud arrogant, narcissique et manipulateur ? Pourquoi ? Pourquoi devrais-je m'infliger une chose pareille ?

— M'épouser vous apporterait de nombreux avantages, rétorqua-t-il d'une voix tellement grave qu'il eut du mal à la reconnaître.

— Citez-m'en un.

Lui prenant la main, il l'attira dans ses bras et l'embrassa, savourant le goût de ses lèvres et la chaleur de sa bouche.

Approfondissant son baiser, il ne chercha pas à combattre la vague de désir, puissante, inarrêtable, qui montait en lui, menaçant de tout emporter sur son passage. Il était trop tard pour cela. Le moment était venu d'admettre la vérité.

Madelyn avait bouleversé son existence dès l'instant où leurs regards s'étaient croisés dans ce petit *pub* anglais. Il ne se rappelait même pas pourquoi il y était allé, simplement qu'elle était là.

Il avait toujours aimé le sexe et les femmes, mais Madelyn lui avait donné l'impression de n'être qu'un jeune homme inexpérimenté qui n'avait jamais connu le véritable plaisir. Elle était comme le soleil venu réchauffer une terre gelée après un hiver interminable, une pluie d'été abreuvant un sol desséché et aride. En quelques mois, elle était devenue son obsession, et il s'était perdu en elle au grand désespoir de ses amis qui n'avaient pas compris. Comment l'auraient-ils pu ? Elle l'avait complètement transformé.

Il avait même été prêt à changer radicalement de vie pour elle jusqu'à ce qu'Annabel lui apprenne la vérité.

« Si elle tient vraiment à toi, elle t'appellera. À moins qu'elle ne voie en toi qu'un joli souvenir de son escapade à l'étranger… »

Il n'avait jamais pu avouer à qui que ce soit qu'il avait longuement attendu et espéré qu'elle le contacte. Des années durant, il avait pratiquement sauté sur le téléphone chaque fois que s'affichait un numéro inconnu. Elle ne l'avait jamais appelé, et il s'était efforcé de l'oublier dans les bras d'innombrables autres conquêtes tout en se promettant de ne plus jamais prononcer son nom.

Avec les années, il avait réussi à se convaincre qu'il était passé à autre chose, mais il fallait bien reconnaître qu'il s'était trompé. Elle avait toujours le pouvoir de le rendre fou. Rien n'avait changé.

Au prix d'un effort surhumain, il s'arracha à son étreinte et recula. Il avait commis une immense erreur en l'embrassant.

Madelyn Jones était telle une drogue, une obsession à laquelle il ne pouvait renoncer alors qu'il ne pouvait pas se permettre de se laisser distraire. Il n'avait qu'un seul objectif : venger la mort de ses parents et obtenir justice. Rien et surtout pas le désir qu'elle lui inspirait ne devait obscurcir son jugement.

Croisant son regard, il y lut tout ce qu'il aurait tant voulu oublier : du désir, le souvenir des instants qu'ils avaient partagés, le plaisir incroyable et nouveau de découvrir qu'il avait été son premier amant. Elle lui avait offert ce cadeau avec un tel abandon, un tel enthousiasme qu'il avait encore du mal à y croire.

— On dirait que vous avez vu un fantôme, dit-elle d'une voix suave qui ne l'aida pas à retrouver son sang-froid.

Elle était le seul fantôme à l'avoir hanté jour et nuit alors qu'il avait tout tenté pour l'exorciser, en vain. Il s'était pourtant convaincu que tout serait différent cette fois, car il avait changé. Il n'était plus aussi naïf qu'autrefois et pourtant…

Il avait suffi d'un baiser pour comprendre qu'il était toujours ce jeune idiot prêt à tout y compris à bouleverser son existence pour elle, peu importait ce qu'il avait perdu, ou plutôt qui il avait perdu, durant ces six années.

— Je crois que je me souviens de vous, commenta-t-il tout en s'efforçant de reprendre le contrôle de ses émotions.

— Je suis désolée. Je n'imaginais pas que vous souvenir de la mère de votre fils vous affecterait à ce point.

— Ça ne change rien, rétorqua-t-il, en serrant les mâchoires. Nous allons nous marier, Madelyn. Et il n'y aura pas de divorce ni d'échappatoire.

Elle lui lança un dernier regard assassin et disparut, le laissant seul à contempler la ville qui s'étalait à ses pieds.

Le moment qu'il attendait depuis près de deux ans était enfin venu. La nuit était tombée comme il l'espérait. L'heure de la vengeance avait sonné.

Pourtant, il n'esquissa pas un seul geste tandis qu'il se rappelait le goût de ses lèvres et la chaleur de son corps contre le sien. Ce n'était pourtant pas le moment de se laisser distraire. Il avait un travail à accomplir sous couvert de l'obscurité, des lieux à visiter où un roi ne pouvait pas se rendre. Et il était hors de question de renoncer à sa quête de justice, quelle qu'en soit la raison.

6

Madelyn tituba dans le couloir, tentant de retrouver son équilibre et de marcher comme si tout allait bien, alors que c'était tout le contraire... mais elle ne pouvait pas s'écrouler maintenant.

Il y avait trop de témoins, de regards scrutant ses moindres faits et gestes, comme ceux des gardes stationnés à intervalles réguliers. Et il ne fallait absolument pas qu'ils découvrent que tout son corps était en feu comme si un incendie couvait au plus profond de son être.

Accélérant le pas, elle s'efforça de prendre un air détaché et serein tout en vérifiant son reflet dans les nombreuses surfaces brillantes et réfléchissantes décorant le palais. C'était une catastrophe. Son visage était rouge et ses pupilles anormalement dilatées.

Atteignant l'aile la plus moderne, elle ralentit enfin, s'autorisant à reprendre son souffle.

Comment en était-elle arrivée là ? Non seulement elle était affamée parce qu'elle n'avait rien mangé, mais elle était également furieuse parce que... Malgré elle, le souvenir du baiser qu'ils venaient d'échanger s'imposa à son esprit, et elle secoua la tête.

Une part d'elle ne souhaitait rien tant que prétendre qu'il ne s'était rien passé, et retourner dans ses appartements pour prendre son fils dans ses bras. C'était pourtant impossible, car tout avait changé, et elle ne pouvait plus se permettre de se voiler la face.

Un incendie s'était déclaré en elle, la torturant par la force de ses flammes et par sa chaleur qui se répandait dans chaque fibre de son être, lui enjoignant de retourner sur cette terrasse pour terminer ce qu'ils avaient commencé.

Oh ! comment avait-elle pu croire qu'elle serait capable de lui résister ? Il en avait toujours été ainsi entre eux. Il suffisait d'un regard ou en l'occurrence d'un baiser pour lui faire perdre tout contrôle.

La seule différence était qu'elle était mère à présent. Elle n'était plus une jeune femme naïve et crédule, prête à se jeter dans son lit sans la moindre hésitation. Elle devait protéger son fils, c'était tout ce qui comptait. Et rien, même les incroyables sensations qu'il avait toujours su éveiller en elle ne changerait cela.

Ces bonnes résolutions ne suffirent pas à combattre la vague de panique qui montait en elle, la faisant suffoquer.

Reprenant sa course, elle avisa une porte menant à l'extérieur et la poussa sans tarder. La nuit était pratiquement tombée, mais l'obscurité ne la gênait pas, au contraire. Elle était apaisante.

Inspirant profondément, elle s'efforça de se calmer. Non seulement Paris Apollo avait réussi à la déstabiliser, mais elle se sentait également horriblement coupable vis-à-vis de Troy. Elle aurait dû le rejoindre au plus vite, mais elle ne pouvait s'y résoudre pour l'instant.

Jetant un coup d'œil à l'immense palais qui lui semblait étrangement menaçant, elle s'engagea sur un sentier menant au jardin.

Des dizaines de fleurs exotiques embaumaient l'air tandis que des lanternes diffusant une lumière dorée rendaient l'atmosphère incroyablement romantique. Elles étaient d'ailleurs identiques à celles qui brûlaient sur la terrasse lorsqu'il l'avait…

Madelyn s'arrêta et secoua de nouveau la tête. Non, elle ne pouvait pas se laisser distraire ainsi. N'était-ce d'ailleurs pas comme ça qu'elle s'était retrouvée dans un tel pétrin ?

Elle s'inquiétait tellement pour les frais de scolarité de Troy ou pour son travail qu'elle n'avait pas pris la peine de s'informer de la situation d'Ilonia. C'était là son erreur. Elle aurait dû faire plus attention à ce que Paris Apollo traversait y compris la mort de ses parents. Ainsi elle aurait pu réagir plus vite ou au moins anticiper certaines choses. Elle aurait également pu s'épargner l'horrible vérité découverte ce soir.

Après tout ce qui s'était passé entre eux, la souffrance qu'il lui avait fait endurer, les innombrables défis qu'elle avait relevés – avoir été abandonnée par ses parents, accoucher seule, se retrouver face à des responsabilités écrasantes alors qu'elle était épuisée et terrifiée par l'avenir – elle le désirait toujours. À croire que ces dernières années s'étaient envolées en fumée sous l'effet d'un seul de ces baisers.

Madelyn grimaça. Pour peu, elle aurait pu croire avoir fait un voyage dans le passé. À l'époque, le seul remède qu'elle avait trouvé pour son cœur brisé était la marche.

Elle avait marché des dizaines de kilomètres dans les collines, les parcs, les rues pour apaiser sa douleur. Et même si sa situation n'avait pas changé, elle s'était sentie mieux. Exactement comme ce soir.

Lorsque enfin elle arriva à la limite du jardin, elle suivit le mur de pierre qui surplombait la ville tout en contemplant les milliers de petites lumières qui étincelaient dans la nuit comme des lucioles.

Il faisait trop sombre pour distinguer l'océan, mais il était bien là, sa masse liquide et noire semblait former une ombre menaçante. Pourtant, pour une raison étrange, sa présence lui était presque réconfortante. Face à lui, ses considérations paraissaient bien dérisoires.

Poussant un soupir, elle se tourna pour observer le palais qui brillait telle une pierre précieuse. Ce n'était peut-être qu'un effet du manque de sommeil, mais il lui apparaissait comme la représentation parfaite de Paris Apollo. Comme lui, il était absolument magnifique. Si beau qu'il en devenait presque douloureux de le contempler trop longtemps. Il avait enduré le passage du temps sans renoncer à ses traditions ou aux valeurs auxquelles il croyait. Des valeurs qui l'avaient conduit à pratiquement l'emprisonner.

Reprenant sa promenade, elle aperçut un banc dans un recoin isolé, protégé des lumières du palais par de grands pins. Il avait sans doute été installé pour pouvoir contempler l'océan et les étoiles loin des regards indiscrets. Peut-être qu'elle pourrait revenir un soir quand elle se sentirait moins perturbée et surtout quand son instinct ne lui hurlerait plus de rejoindre son fils sans tarder ? Elle pourrait s'y asseoir pour se détendre et se perdre dans la voûte étoilée.

Elle ralentit en constatant la tournure que prenaient ses pensées.

Revenir un autre soir ?

Elle n'avait pas l'intention de s'attarder en Ilonia plus que nécessaire, et il était hors de question qu'elle devienne reine quoi que Paris Apollo puisse en penser.

Pressant le pas, elle retourna vers le palais quand un mouvement attira son attention. Plissant les yeux, elle contempla les jardins plongés dans l'obscurité. C'était sûrement un effet de son imagination…

Quelques heures plus tard, allongée dans son lit, ses pensées la ramenèrent à l'ombre mouvante qu'elle avait aperçue un peu plus tôt. Une ombre qui ressemblait étrangement à Paris Apollo vêtu d'une tenue sombre similaire à celle qu'il portait lors de sa visite à l'Hermitage. Ces vêtements qui moulaient son corps et le faisaient ressembler à un assassin ou à un soldat et certainement pas à un roi ayant grandi dans le luxe.

— Il faut que tu dormes, murmura-t-elle en fermant les yeux et en resserrant son étreinte autour de son fils.

Malheureusement sa présence ne l'apaisait pas mais elle sombra enfin dans le sommeil.

Le lendemain matin, des dizaines de membres du palais se présentèrent dans sa suite pour la préparer au rôle qui lui avait été attribué, mais Madelyn refusa de les écouter.

Ils eurent beau tenter de l'amadouer par leurs sourires ou de l'encourager à les suivre, elle les ignora purement et simplement, préférant emmener sa tante et Troy en promenade sur le domaine royal.

Lorsque le temps se couvrit, ils se lancèrent dans une course dans les couloirs du palais qui s'était transformé en immense salle de jeux. Une salle de jeux décorée par des dizaines d'antiquités hors de prix, des armures anciennes et des armes qui auraient impressionné n'importe quel petit garçon. Sans oublier le labyrinthe installé dans les étages inférieurs de ce qui avait probablement été autrefois un donjon.

Troy s'intéressait d'ailleurs énormément à la question. Il avait cinq ans, et les histoires sanglantes le fascinaient.

Ainsi, au lieu d'assister à d'innombrables réunions prévues et indiquées dans un agenda qu'elle ne prenait même pas la peine de consulter, elle passait ses journées avec son fils, un luxe qui lui était interdit aux États-Unis, car elle devait travailler. Et lorsque Troy faisait une sieste ou souhaitait jouer avec sa tante, elle lisait les journaux.

Il n'y en avait aucun au palais, mais même si Ilonia suivait des traditions désuètes, le pays ne vivait pas à l'âge de pierre. Elle avait un téléphone, une excellente connexion Internet et l'accès à plusieurs bibliothèques pourvues de recoins confortables pour s'y installer en toute discrétion et découvrir ce que les employés du palais semblaient déterminés à lui cacher.

Son visage s'étalait à la une des magazines et journaux du monde entier. Tous affichaient le cliché de la jolie fiancée rougissante se tenant à côté de son futur mari, le puissant roi

Paris Apollo, ainsi que celui où il portait sa main à ses lèvres pour l'embrasser comme pour y apposer sa marque.

En quelques secondes, elle était devenue la propriété du royaume d'Ilonia comme si elle n'était qu'un objet, et la presse se délectait de son malheur, affirmant qu'elle vivait un véritable conte de fées.

Et comme si cela ne suffisait pas, de nombreux journalistes décortiquaient les moindres détails de son existence afin de comprendre en quoi avait consisté ce que le palais appelait une « période de réflexion ».

Ce n'était qu'une excuse censée expliquer pourquoi ils n'étaient pas mariés et surtout, pourquoi le roi ne vivait pas avec son fils. En quelques jours, c'était devenu une histoire incroyablement romantique, assez vague pour rester honorable.

Il la présentait comme une femme discrète souhaitant échapper au regard du public et protéger son fils. Quant aux prouesses de Paris Apollo, ce n'était que sa façon de se consoler de son refus de rejoindre la famille royale en l'épousant.

Si elle avait renoncé au véritable amour pour protéger son fils, il avait été prêt à tirer un trait sur son enfant et sur la femme de sa vie afin de les garder en sécurité et de respecter son choix.

Ces allégations étaient complètement ridicules et les faisaient passer pour de véritables idiots, mais le public en raffolait.

Le plus étonnant était qu'il y avait également de nombreux clichés privés comme celui pris lors d'une pièce de théâtre au collège, ou un autre au retour de son travail et où elle apparaissait épuisée et de mauvaise humeur. Il y en avait également un la montrant sous le porche de la maison de ses parents qui avait dû être envoyé par un ami d'enfance.

Le pire restait les articles consacrés à des prétendus « amis proches » comme Annabel qui prenait un malin plaisir à faire des confidences croustillantes à grand renfort de clins d'œil et de sous-entendus tout en prétendant être responsable de leur rencontre.

Elle se présentait comme la bonne fée qui avait permis à deux êtres que tout opposait et appartenant à des mondes radicalement différents de se rencontrer et de tomber amoureux.

Son comportement n'aurait pas dû la surprendre. Annabel avait toujours été une véritable garce, mais elle ne pouvait pas s'empêcher d'être furieuse... ni de continuer à parcourir les différents articles.

Elle n'avait pas l'intention de rester en Ilonia, et encore moins d'épouser Paris Apollo ou de devenir sa reine, mais elle ne pouvait se résoudre à lâcher son téléphone d'autant que certains journaux, iloniens cette fois, mentionnaient des faits étranges.

Des criminels bien connus de la justice avaient été retrouvés ligotés devant le commissariat central. Et il ne s'agissait pas de simples voleurs ou d'escrocs. Non, il s'agissait d'hommes ayant des relations troubles avec de nombreux membres de l'aristocratie ilonienne.

Certains journalistes affirmaient même qu'un justicier avait décidé de faire le ménage, presque comme si un piège se refermait lentement mais sûrement sur les coupables. Le décès du précédent roi et de son épouse dans un accident aux circonstances étranges était d'ailleurs mentionné dans ces mêmes articles sans toutefois établir de lien direct entre les deux.

Chaque nuit, Madelyn restait allongée plusieurs heures dans ses appartements à songer à l'ombre étrange qu'elle avait aperçue ce soir-là dans les jardins ressemblant à Paris Apollo, vêtu de noir, escaladant les murs du domaine royal pour disparaître dans les ténèbres.

Pourtant, lorsque ses employés se montraient de plus en plus pressants avec elle, ces préoccupations disparaissaient, remplacées par une autre, plus essentielle : il n'avait pas encore rencontré Troy.

— Combien de temps on va rester en vacances ? demanda

Troy durant le petit déjeuner, ce matin-là. La maison me manque.

Madelyn échangea un regard avec sa tante avant de répondre.

— Moi aussi, mais on s'amuse bien ici. Tu ne trouves pas ?

— Tout le monde parle du roi, déclara son fils, ses grands yeux gris-vert brillant d'innocence, mais je ne l'ai jamais vu.

Le cœur de Madelyn se serra, et elle dut faire un effort pour ne pas grimacer.

La douleur ne la quitta pas de la journée, et elle ne put cacher son irritation lorsqu'un employé du palais, encore un, vint la trouver dans la bibliothèque quelques heures plus tard.

— Ce sont les ordres du roi ? s'enquit-elle sèchement en lui lançant un regard meurtrier. Je suppose que c'est lui qui vous envoie ?

— Bien entendu, madame, répondit-il d'un ton poli. Tout ce qui se passe au palais se fait sur les ordres du roi.

— Dans ce cas, laissez-moi vous en donner un, à mon tour.

Elle ne devait pas s'énerver ni montrer combien son comportement la blessait, mais c'était plus fort qu'elle.

— Votre roi a un fils, un fils qui n'a jamais rencontré son père. Pourquoi devrais-je répondre à ses demandes alors qu'il n'a même pas la courtoisie de rencontrer son propre fils ?

— Ce n'est pas à nous de questionner…

— Vous n'en avez peut-être pas le droit, le coupa-t-elle froidement, mais je l'ai. Surtout lorsqu'il s'agit de mon fils ! Je ne veux plus entendre un seul mot à propos de ce que Paris Apollo veut ou ordonne tant qu'il refusera d'assumer ses responsabilités.

Sans attendre de réponse, elle le dépassa et traversa le hall d'un pas furieux, se moquant bien que les autres employés découvrent à quel point elle était en colère.

Une part d'elle se prépara à voir apparaître Paris Apollo, mais il ne se montra pas de la journée, et encore moins la suivante. Deux semaines après son arrivée en Ilonia, elle dut se résoudre à accepter la vérité : il ne viendrait pas.

Il n'y avait pourtant aucun doute sur sa paternité, car il avait envoyé son médecin personnel prendre des échantillons de sang afin d'avoir la preuve formelle que Troy était bien son fils. Alors pourquoi évitait-il son héritier ?

Sa décision était incompréhensible d'autant qu'il lui avait longuement expliqué comment il comptait utiliser l'existence du petit garçon pour arriver à ses fins.

Annabel, cette vipère, avait peut-être raison sur un point : Paris Apollo était un homme qui se lassait rapidement de ses jouets.

Retenant une grimace, Madelyn secoua la tête. De toute façon, ça n'avait aucune importance. Elle n'avait jamais envisagé qu'ils puissent se rencontrer un jour, et elle était prête à rentrer chez elle.

Quelques jours plus tard, elle était dans le jardin avec son fils quand Paris Apollo apparut soudain.

— Vous êtes le roi ! s'écria Troy d'un air ravi.

— En effet.

Il était de nouveau vêtu de noir, mais cette fois, c'était un costume hors de prix qui lui donnait un air incroyablement élégant. Il n'avait plus rien du soldat ou de l'assassin. Non, il ressemblait à un archange descendu sur terre.

— J'ai entendu dire que tu t'appelais Troy.

— Oui, je suis Troy, rétorqua le petit garçon d'un air sérieux. Qu'est-ce que ça fait d'être roi ? Votre couronne fait mal à la tête ? Vous pouvez jouer avec quand vous voulez ?

Il continua à poser des dizaines de questions, et Madelyn observa Paris Apollo avec angoisse.

Dans quelques minutes, il allait sans doute adresser un regard ennuyé à son fils avant de s'éloigner au plus vite. Il ne lui resterait alors plus qu'à prendre Troy dans ses bras et à s'enfuir, car il était hors de question de voir son fils maltraité ainsi par un homme qui...

Bouche bée, elle ne put que regarder Paris Apollo s'agenouiller pour se mettre à la hauteur de Troy avant de répondre à chacune de ses questions comme s'il n'avait rien de mieux à faire.

— Vous êtes mon papa ? finit par demander Troy.

Il tourna un instant la tête vers elle avant de reporter son attention sur Paris Apollo.

— J'ai entendu les servantes le dire mais je n'ai pas osé le demander à maman. Elle est triste quand je pose des questions sur mon papa.

Le cœur de Madelyn se serra douloureusement, et elle dut retenir une grimace.

Malgré ses efforts, son fils avait réussi à percevoir la tristesse qui ne l'avait jamais quittée depuis leur rupture. Elle s'était pourtant efforcée de faire bonne figure devant lui pour qu'il ne découvre jamais combien sa naissance avait bouleversé son existence.

Paris Apollo l'observa à son tour, et la douleur s'accentua, manquant la faire vaciller.

— Je suis ton papa, déclara-t-il en plongeant son regard dans celui de Troy. Ça fait longtemps que je veux te rencontrer.

7

Ce soir-là, Paris Apollo convoqua Madelyn dans ses appartements.

Les deux dernières semaines s'étaient déroulées exactement comme il l'avait prévu, ce qui n'avait rien d'étonnant. Il avait préparé son plan à la perfection, envisageant chaque détail ou chaque imprévu pouvant contrecarrer ses projets.

Pour l'instant, ses prédictions s'étaient avérées. Chaque nuit, il quittait le palais pour retrouver les complices de son cousin, les arrêter et les livrer au commissariat afin de s'assurer qu'ils ne pourraient plus commettre le moindre crime. Il avait même accroché une liste de leurs méfaits sur leur torse afin de garantir qu'ils ne pourraient pas échapper à la justice.

« Tu es cinglé ? lui avait demandé l'un d'entre eux la nuit dernière. Tu penses être habitué aux scandales parce que tu as fait la une des journaux avec tes maîtresses, mais tu n'imagines pas ce qui t'attend. »

« Qui va te croire ? avait-il rétorqué avec un sourire froid. Tu vas passer pour un fou ou un pauvre type sous l'emprise de la drogue en affirmant que le roi d'Ilonia parcourt les rues durant la nuit à la recherche de pourritures comme toi. »

Et comme il l'avait prédit, aucun journaliste n'était au courant de ses activités nocturnes. Tout se passait tellement bien qu'il avait décidé que le moment était venu de s'occuper de la question de son fils.

Jusqu'à présent, il avait sciemment gardé ses distances, car il ne pouvait pas se permettre de l'impliquer, pas tant qu'il n'avait pas atteint ses objectifs et vengé la mort de ses parents.

Il ne méritait pas d'avoir une famille, et certainement pas un fils apparu brusquement et qui vivait à présent là où il avait vécu avec ceux qu'il n'avait pas su protéger ni traiter comme ils le méritaient.

Las, il ne pouvait pas non plus rester les bras croisés, surtout pas après que son employé lui avait rapporté les paroles de Madelyn sur ses responsabilités de père. Elle avait raison, il fallait bien le reconnaître.

Il n'aurait d'ailleurs jamais demandé que Troy fournisse un échantillon de sang si ses ministres n'avaient pas autant insisté quand il leur avait ordonné de modifier son testament et d'entamer la procédure pour le nommer comme héritier officiel. Il fallait être aveugle pour ne pas voir la ressemblance entre eux.

Le problème était que l'accepter comme son fils ne signifiait pas qu'il savait comment réagir avec un enfant. Non, pas avec un enfant, avec Troy, son fils. Il avait un prénom, et il devait apprendre à l'utiliser et à le graver au plus profond de son cœur parce que c'était sûrement ce que ressentait un père pour son fils. En tout cas, c'était l'impression que lui avait donné Aether.

Il avait passé près de deux ans à identifier les complices ayant participé de près ou de loin au meurtre de ses parents. Il s'était entraîné sans relâche, avait musclé son corps et développé ses compétences pour être prêt à toute éventualité lorsqu'il descendrait de la montagne pour monter sur le trône. Mais il ne s'était pas préparé à devenir père ou à faire face à Troy.

Comment aurait-il pu anticiper cette vague d'émotions incommensurables qui s'était abattue sur lui quand il l'avait aperçu dans les jardins ? Il n'aurait jamais imaginé qu'une simple conversation aurait pu le perturber à ce point. Et pourtant, il avait été fasciné de découvrir comment fonctionnait l'esprit de son fils qui lui avait posé mille questions tout en répondant aux siennes avec enthousiasme.

Il y avait aussi cette ressemblance frappante qui l'avait déstabilisé. Troy avait son nez et son menton. Et avec les années, il aurait probablement les mêmes épaules et pratiquement le même visage.

Lorsque Madelyn était réapparue dans sa vie pour lui annoncer qu'il avait un fils, il avait été choqué. Pas une seconde, il n'avait cru à ses excuses. Comment aurait-elle pu simplement oublier de l'informer qu'elle était enceinte ? Ça n'avait aucun sens… Il avait néanmoins réussi à rester calme et à considérer la situation de façon rationnelle afin de déterminer comment tirer avantage de cette nouvelle surprenante. Il n'avait pas dormi de la nuit, attendant l'aube devant les immenses baies vitrées tout en constatant qu'il était entré à l'Hermitage comme un fils orphelin et un prince médiocre et qu'il en ressortirait comme un père sur le point de monter sur le trône et prêt à relever tous les défis qui l'attendaient.

Ce soir, il se sentait incapable de maîtriser ses émotions. Quelque chose s'était réveillé au plus profond de lui, une sorte de fureur prédatrice qui ne demandait qu'à exploser, mais loin de la combattre, il l'accueillit avec gratitude. Il était temps que Madelyn réponde de ses actes. Il était d'ailleurs prêt à aller la chercher lui-même si elle ne se présentait pas à lui.

Cette fois, cependant, elle l'attendait déjà lorsqu'il arriva sur la terrasse. Encore plus étonnant, elle portait une tenue appropriée pour un dîner avec le roi alors qu'elle avait délibérément ignoré les demandes de ses employés dans l'espoir vain d'échapper à son destin.

Elle n'avait toujours pas compris qu'elle n'avait aucune échappatoire. Ils seraient mariés dans quelques semaines, qu'elle le veuille ou non. Il ne serait pas non plus question de divorce, car les monarques iloniens ne divorçaient pas. Il était temps qu'elle se rende à l'évidence : elle lui appartenait.

Perdue dans la contemplation du jardin et de la ville en contrebas, elle ne semblait pas s'être aperçue de sa présence, et il commença à se détendre.

— Vous êtes donc capable de vous comporter comme la future reine de ce pays.

À ces mots, elle se raidit mais ne tourna pas la tête.

— Mes employés m'ont appris que vous vous habillez souvent comme notre fils, avec un jean et un T-shirt, et que vous passez votre temps à jouer dans les jardins ou à vous cacher dans la bibliothèque pour échapper à vos responsabilités.

— C'est vraiment de cela que vous souhaitez parler ? s'enquit-elle d'une voix douce qui ne le trompa pas.

Il ne s'était jamais senti aussi lucide.

— Vous en êtes sûr ? Il n'y a vraiment aucun autre sujet plus important que ça ?

— Êtes-vous en train de me faire des reproches ? l'interrogea-t-il en comblant la distance qui les séparait sans oser la toucher pour autant. Après ce que vous avez fait ? L'auriez-vous oublié ?

— Je n'ai jamais dit que j'avais une mauvaise mémoire, répondit-elle en se tournant pour lui faire face.

Malgré lui, il faillit détourner les yeux. Elle avait toujours su le déstabiliser d'un simple regard comme si elle était la seule à voir en lui.

— Je crois plutôt que c'était vous.

Paris Apollo se retint de serrer les poings. Elle avait raison. Il avait fait preuve de lâcheté en affirmant qu'il l'avait oubliée. Non seulement il se rappelait chacun des instants qu'ils avaient passés ensemble, mais le baiser qu'ils avaient échangé il y a quelques jours le torturait en permanence.

La seule raison qui l'avait poussé à affirmer qu'il n'avait aucun souvenir d'elle était qu'il voulait la faire souffrir.

Es-tu en colère contre elle ? demanda une voix au plus profond de lui, une voix qui ressemblait étrangement à celle de sa mère, à la fois, posée, sereine, mais également incroyablement déterminée. *Ou es-tu en colère contre toi-même ?*

Il n'avait même pas besoin d'y réfléchir, car il connaissait la réponse même s'il ne voulait pas l'admettre.

— Comment avez-vous pu me cacher son existence aussi longtemps ? l'interrogea-t-il d'une voix rauque qui tenait davantage du grognement. Comment avez-vous pu vous convaincre que je me moquais de savoir que j'étais père ?

Elle ne tressaillit même pas, se contentant de relever le menton comme pour mieux le défier.

— Vous ne vous êtes jamais soucié de moi, affirma-t-elle en plongeant son regard dans le sien, comment aurais-je pu croire que vous voudriez découvrir que j'avais eu votre enfant ? Je suis désolée que vous ne puissiez pas accepter mes explications, ajouta-t-elle en levant les mains, mais ça ne veut pas dire que je mens.

— Vous pensez vraiment que je vais vous laisser partir ? s'enquit-il comme si elle n'avait rien dit. Qu'après avoir enfin rencontré le fils que vous m'aviez caché j'allais vous laisser l'emmener loin de moi ?

Un tremblement la saisit, lui apportant enfin satisfaction.

— Je vous ai déjà dit que j'étais prête à partager la garde avec vous, dit-elle d'un ton prudent et moins assuré qu'auparavant.

— Vous pensez vraiment que ça suffira ?

— Je vous ai vu avec lui aujourd'hui. C'était...

Elle s'interrompit comme si elle était au moins aussi déstabilisée que lui.

— Je ne peux pas changer le passé.

— En effet, mais vous devriez être capable de comprendre que votre avenir m'appartient, Madelyn. Vous m'êtes redevable, et je n'ai jamais eu la moindre hésitation à réclamer ce qui m'est dû.

— Ce qui vous est dû ? répéta-t-elle avant d'éclater de rire. Vous êtes incroyable ! Je ne vous dois rien du tout.

Madelyn était visiblement furieuse à en voir la rougeur s'étalant sur ses joues, et sa réaction le réjouit. Il allait enfin obtenir ce qu'il voulait depuis le début.

— C'est pourtant le cas, rétorqua-t-il sèchement.

— Je suis la mère de Troy. C'est à moi de décider qui a ou non le droit de le voir. Votre nom ne figure même pas sur son acte de naissance. Vous n'avez aucun droit à l'exception de ceux que j'ai décidé de vous octroyer.

— Vous semblez oublier à qui vous parlez. Vous êtes sur le territoire ilonien, continua-t-il d'un ton calme, mais lourd de menaces. Troy a déjà été reconnu comme mon héritier légitime. Vos désirs ou des détails comme son certificat de naissance sont insignifiants et n'ont aucune importance.

Folle de rage, Madelyn ouvrit la bouche pour répondre, mais il leva la main pour l'en empêcher.

— Je me suis montré patient et extrêmement conciliant avec vous, Madelyn, mais vous devriez déjà avoir compris que ma parole a force de loi ici. Vous ne disposez que du rôle que je vous ai accordé par courtoisie.

De nouveau, elle commit l'erreur de poser la main sur lui, frappant le centre de son torse avant d'écarquiller les yeux comme il ne bougeait pas d'un centimètre.

— Je ne veux rien de vous, rien du tout, précisa-t-elle en articulant avec soin.

— Mensonge.

— Ça vous fait du bien d'imaginer que vous avez toujours la même emprise sur moi qu'autrefois quand j'étais assez naïve et idiote pour croire que vous teniez à moi ?

Irrité par ses paroles, il couvrit sa main de la sienne, et le feu qui couvait dans ses veines depuis qu'ils s'étaient embrassés reprit de plus belle, se communiquant à elle.

— C'est vous qui m'avez amenée ici, lui rappela-t-elle d'une voix aiguë. Je ne veux rien de vous, rien du tout.

— Ce n'est pas vrai, Madelyn, déclara-t-il en l'attirant à lui. C'est ça que vous voulez.

Sans perdre une seconde, il prit ses lèvres et, cette fois, il n'y eut plus aucune hésitation, plus aucun doute. Il n'y avait qu'un désir intense et irrésistible.

Le plan qu'il avait consciencieusement mis au point durant deux ans ainsi que les promesses qu'il s'était faites de se montrer plus prudent et de ne pas laisser la brûlure de la passion le détourner de ses objectifs s'envolèrent en fumée.

La poussant contre la balustrade, il approfondit son baiser, laissant échapper un grognement quand elle s'accrocha à lui.

Il n'y avait plus que son corps contre le sien comme s'il apposait sa marque, leur prouvant à tous les deux qu'elle lui appartenait toujours.

Après ce qui lui sembla une éternité, il s'écarta, savourant l'image qu'elle offrait. Ses lèvres étaient entrouvertes, et sa poitrine se soulevait comme si elle venait de courir un marathon. Le plus fascinant était cette rougeur s'étalant sur ses joues et descendant dans son cou avant de disparaître sous sa robe. Sans un mot, il la souleva dans ses bras, la contemplant comme si c'était la première fois. Elle aurait beau prétendre le contraire, il savait au plus profond de son être qu'elle le désirait autant qu'il la désirait.

Traversant le palais à la hâte, il regagna sa chambre. Pour une raison inconnue, c'était la première fois qu'il se sentait véritablement roi depuis son retour. Qui aurait cru qu'il aurait besoin de porter la mère de son fils jusqu'à son lit pour se rendre compte qu'il était véritablement monté sur le trône ?

L'allongeant sur le matelas, il fut submergé par le souvenir de ces nuits à Cambridge, le feu de la passion dévorant leurs corps et leurs âmes comme elle jouissait encore et encore dans ses bras alors qu'il plongeait en elle comme s'ils ne faisaient plus qu'un.

À l'époque, il était véritablement convaincu que Madelyn était la femme de sa vie, la seule à pouvoir lui donner ce dont il avait besoin.

Aujourd'hui, s'il était plus sage et plus expérimenté, une

chose n'avait pas changé : il la désirait autant qu'aux premiers jours. Non, ce n'était pas tout à fait exact. Il la désirait avec plus d'intensité que six ans auparavant comme si un seul baiser d'elle avait le pouvoir de lui faire perdre tout contrôle. Sa seule consolation était que Madelyn semblait aussi perdue que lui.

Se déshabillant à la hâte, il lui arracha pratiquement sa robe, pressé de sentir sa peau contre la sienne. Ils avaient déjà perdu trop de temps.

S'immobilisant au-dessus d'elle, il prit un instant pour observer la vue de son corps nu et parfait. Elle était si belle…

— Je ne peux pas… murmura-t-elle. Je ne devrais pas, mais…

S'accrochant à lui, elle le força à s'allonger avant de se jeter sur lui, lui démontrant qu'elle n'avait rien oublié de ce qu'il lui avait appris autrefois après avoir pris son innocence. Elle était aussi enthousiaste, aussi pressée, mais également aussi spontanée et légèrement maladroite que six ans auparavant. Pour peu, il aurait pu croire qu'elle n'avait pas eu l'occasion d'approfondir ses connaissances avec un autre amant.

À cette idée, une vague d'excitation puissante le balaya et il eut soudain l'impression d'être redevenu ce jeune homme inexpérimenté qui venait de découvrir le sexe qu'il avait été il y a si longtemps.

De ses lèvres, elle explora son corps, lui arrachant des grognements de plaisir comme elle s'attardait sur ses joues, son menton et son torse tandis que son parfum l'enveloppait, manquant le rendre fou.

S'efforçant de rester immobile, il s'offrit à sa caresse, les souvenirs de leurs nuits incandescentes se mêlant aux délicieuses sensations qu'elle éveillait en lui, lui faisant perdre contact avec la réalité.

Lorsque sa bouche atteignit son membre en érection, il ne put retenir un juron et lui ordonna de s'écarter, mais elle l'ignora.

Lentement, elle le goûta avant de le prendre dans sa bouche moite et chaude, le suçant et le léchant comme des vagues de plaisir montaient en lui, l'emmenant toujours plus haut et toujours plus loin.

N'y tenant plus, il la fit basculer pour se placer entre ses jambes et la pénétra d'un mouvement fluide, lui arrachant aussitôt un cri de plaisir.

Sa place était là, entre ses cuisses, son corps brûlant frémissant sous le sien comme il bougeait en elle. Chaque va-et-vient était plus puissant et plus incroyable que le précédent, balayant la colère, la fureur, la douleur et les regrets dont il n'avait jamais pu se libérer avant ce soir pour révéler quelque chose de plus profond dont il ignorait le nom.

Madelyn les fit rouler pour le chevaucher avec ardeur avant qu'il n'inverse leur position de nouveau. Lui prenant les mains, il les maintint au-dessus de sa tête, la forçant à se cambrer sous lui, leur arrachant à tous deux des soupirs d'extase.

Peut-être l'avait-il toujours su sans oser se l'avouer ou peut-être avait-il cherché à le nier, à moins qu'il ait tout tenté pour l'oublier, mais il ne pouvait pas ignorer la vérité plus longtemps. Madelyn était la seule femme capable de lui donner autant de plaisir, la seule à pouvoir le combler ainsi, la seule dont il ne pourrait jamais se lasser.

Se penchant sur elle, il ralentit ses mouvements jusqu'à ce qu'elle se mette à trembler et qu'il ait l'impression qu'il allait en mourir.

Ses frissons s'intensifièrent jusqu'à se propager à son corps, mais il maintint le même rythme, l'emmenant irrémédiablement au bord de la jouissance sans jamais lui donner satisfaction, s'émerveillant de la voir se mordre les lèvres pour ne pas crier.

L'observant avec attention, il poursuivit sa délicieuse torture jusqu'à ce qu'elle sanglote son prénom.

— Tu es ma prison, et je suis la tienne, déclara-t-il d'une voix aussi sombre que l'obscurité qui l'accueillait chaque nuit pour exercer sa vengeance, aussi profonde que la nuit qui était tombée à l'extérieur, seulement illuminée par les étoiles. Il n'y a aucune clé pour s'en échapper, seulement l'éternité, Madelyn. Et ceci.

— Et nous, répondit-elle comme si elle comprenait… parce qu'elle comprenait.

Il accéléra le rythme, chaque coup de butoir étant plus puissant que le précédent, et elle lui griffa le dos comme la jouissance l'emportait enfin.

Poussant un grognement, il la rejoignit dans l'extase avant de se laisser retomber sur elle, le souffle court.

La nuit ne lui avait jamais paru aussi belle.

8

Les choses allaient se passer différemment cette fois, car elle avait changé. Elle n'était plus la jeune fille naïve qui était tombée amoureuse de lui six ans auparavant. Et quoi qu'il en dise, elle savait déjà où cette liaison, si on pouvait vraiment l'appeler ainsi, allait les mener.

Cette fois, cependant, elle ne le laisserait pas lui briser le cœur. Si elle lui avait survécu une fois, elle pouvait le refaire, d'autant plus qu'elle avait un fils à présent.

Lorsqu'une femme devenait mère, il n'y avait plus de place pour ses considérations personnelles. Elles s'effaçaient totalement pour protéger son enfant et s'assurer qu'il ne manquerait jamais de rien.

Lorsque le moment viendrait de quitter Paris Apollo – et il viendrait, elle le savait au plus profond de son être –, elle ne se morfondrait pas tout en souhaitant la fin de toutes choses afin que le monde dans lequel elle était forcée de vivre reflète la douleur qu'elle ressentait en son âme. Non, elle affronterait la douleur la tête haute et trouverait un moyen de tirer un trait sur lui et sur ce qu'ils avaient partagé.

Cette prise de conscience était peut-être la raison pour laquelle elle réussit à se donner à lui complètement pour la première fois de son existence. Il n'y avait plus aucune hésitation, plus aucun doute, car elle savait que ces instants étaient précieux justement parce qu'ils étaient éphémères et disparaîtraient en même temps que ce lien puissant qui les unissait en ce moment.

— Tu réagis comme si la simple idée de devenir reine était insultante, lui dit-il, un soir.

Il avait insisté pour qu'elle le rejoigne pour un dîner formel en présence de ses ministres. Tous l'avaient contemplée comme si elle était un insecte qu'ils mourraient d'envie d'étudier, suivant le moindre de ses gestes afin de prouver sans doute qu'elle n'était pas digne d'épouser leur roi.

Refusant de leur donner satisfaction, elle avait pris un malin plaisir à leur montrer qu'elle savait parfaitement se tenir à table. Après tout, elle avait souvent eu l'occasion d'observer des invités de prestige dîner dans le restaurant où elle travaillait.

Paris Apollo avait d'ailleurs été ravi de sa prestation, et n'avait pas manqué de le lui faire savoir quand ils s'étaient retrouvés en tête à tête.

— Ce n'est pas ça, murmura-t-elle, les yeux fermés en se pressant contre lui. Je suis simplement nerveuse, car je sais déjà comment tout cela va finir.

— Vraiment ?

Il semblait irrité par sa réponse, mais ça n'avait aucune importance. Il ne pouvait pas nier la vérité, même s'il refusait de la reconnaître pour l'instant.

— Un jour ou l'autre, je vais monter le mauvais escalier et te retrouver barricadé derrière une autre porte. Ce n'est pas grave, ajouta-t-elle en soupirant. Je l'ai déjà accepté.

La plaquant contre le matelas, il s'allongea sur elle, lui arrachant un petit cri de surprise.

— Je suis père, à présent, et roi, déclara-t-il d'un air féroce. Je n'ai pas l'intention de trahir les promesses que j'ai faites. Je vais tenir parole !

Malgré elle, Madelyn fut tentée de le croire. Elle savait pourtant que ce n'était qu'une illusion, et c'était justement là le problème. Elle était prête à croire n'importe quoi quand il s'agissait de lui. Il en avait toujours été ainsi.

Prenant ses lèvres, il lui fit l'amour avec une telle passion qu'elle s'endormit, épuisée une heure plus tard.

Pour peu, elle aurait d'ailleurs cru rêver en le voyant s'habiller en noir avant de quitter la chambre en s'efforçant de ne pas faire le moindre bruit.

Et le lendemain matin, quand elle se réveilla avec lui à son côté, il lui fut encore plus difficile de se convaincre qu'elle n'avait rien imaginé et qu'il l'avait effectivement abandonnée. Pour aller où, au juste ? Elle l'ignorait.

— Ta prison n'est pas si terrible, n'est-ce pas ? s'enquit-il une autre nuit en la pénétrant. Tu pourrais peut-être t'habituer à y vivre pour le restant de tes jours...

— Ou peut-être que non, rétorqua-t-elle en l'embrassant.

Une chose était certaine : elle ne mourrait pas. Non, elle allait survivre à leur rupture. Mais apprendre à vivre au palais ? Certainement pas.

Contrairement à ce qui s'était passé six ans plus tôt, elle ne craignait pas qu'il la quitte pour une autre femme. Elle n'avait pas non plus peur qu'il se lasse d'elle et refuse de le lui avouer, se contentant de lui interdire l'accès à ses appartements.

Non, ce qui la terrifiait était de s'éveiller au milieu de la nuit et de trouver le lit vide, son oreiller déjà froid prouvant qu'il était parti depuis plusieurs heures. Il y avait aussi ce mur qu'il avait sans doute escaladé vêtu d'une tenue de combat, et les articles qui paraissaient quotidiennement mentionnant un justicier inconnu faisant le ménage dans les rues de la capitale d'Ilonia. Une part d'elle refusait d'ailleurs d'admettre qu'elle savait qu'il était ce justicier. Quant à la raison pour laquelle un homme ayant perdu ses parents dans un accident aussi suspect disparaissait ainsi, elle ne voulait pas la connaître.

Pour autant, il lui était difficile de s'inquiéter de l'avenir ou de regretter d'être venue en Ilonia tant son séjour était confortable. Le palais était certes une prison, mais une prison magnifique qui avait bien des avantages, dont le moindre n'était certainement pas de partager le lit d'un amant aussi merveilleux et généreux.

Troy aussi semblait ravi de son séjour, car non seulement il avait enfin un père, mais son père était le roi.

— Ça fait de moi un prince, lui dit-il d'un air sérieux au petit déjeuner. Et tu vas bientôt être reine.

Surprise, Madelyn faillit renverser son verre de jus d'orange.

— Tu sais, mon cœur, déclara-t-elle en s'efforçant de se calmer, je n'ai pas besoin de devenir reine pour que tu sois un prince. Tu l'es déjà.

À ces mots, Troy la regarda comme si c'était la chose la plus stupide qu'il ait jamais entendue.

— Je sais, maman, mais nous sommes une famille.

Déstabilisée, Madelyn retomba dans le silence et continua de manger.

Plus tard dans la matinée, elle se laissa enfin convaincre de suivre la styliste officielle du palais pour essayer sa robe de mariée. Et lorsqu'elle eut terminé, elle prit une tasse de thé avec l'assistant de Paris Apollo qui lui parla longtemps de la relation entre l'ancien roi et sa reine.

Un sourire aux lèvres, il lui confia combien ils s'aimaient et combien l'arrivée d'un fils qu'ils n'attendaient plus les avait comblés de joie.

— Sa naissance a été un véritable miracle comme celle de tous les enfants, dit-il, manquant lui arracher une grimace.

En tant que proche collaborateur de Paris Apollo, il était sûrement au courant des circonstances de la naissance de Troy... Vidant sa tasse, elle s'excusa et sortit sur la terrasse. En cette belle journée d'été, le palais semblait sortir tout droit d'un conte de fées. L'île entière et celles l'environnant avaient l'air trop belles pour être vraies. L'océan était d'un bleu azur, et les plages de sable blanc s'étiraient à l'infini. Des fleurs parsemaient les collines de taches colorées et suivaient les sentiers jusqu'aux limites de la ville qui s'étalait en contrebas.

Cette prison qui lui avait paru suffocante les jours suivant son arrivée ressemblait aujourd'hui à un véritable paradis sur terre.

Elle s'aventura dans les jardins, et son cœur se serra douloureusement en avisant sa tante installée sur un banc près de la roseraie tandis que Paris Apollo et Troy jouaient au football sur la pelouse. Le souffle court, elle dut s'arrêter et fermer les yeux pour se calmer.

Durant six ans, elle avait élevé son fils toute seule, relevant de nombreux défis et traversant d'innombrables difficultés. Elle ne pouvait pas se permettre de l'oublier simplement parce que l'univers avait décidé de lui offrir ce magnifique tableau.

— Ce n'est peut-être pas si mal que ça, déclara Corinne en la rejoignant.

Elles avaient essayé à plusieurs reprises de se créer un jardin d'été aux États-Unis : les géraniums semblaient être les seuls à supporter le climat et l'altitude.

La luxuriance de la végétation de l'île était presque comme une métaphore lui rappelant que rien n'était impossible au royaume de Paris Apollo.

— Il y a pire en effet, reconnut Madelyn de mauvaise grâce.

Elle ne se sentait pas bien depuis son réveil. Paris Apollo était déjà debout et l'avait invitée à le rejoindre sous la douche. Bien sûr, elle n'avait pas trouvé la force de refuser, mais elle avait aperçu une pile de vêtements noirs dans un coin de la salle de bains, presque comme s'il s'était efforcé de les cacher. Elle avait également noté que la peau de ses mains était éraflée comme s'il avait frappé quelque chose, et elle n'avait pas eu le courage de lui poser la moindre question. Non, elle l'avait laissé l'attirer à lui pour l'embrasser avec ardeur.

Fronçant les sourcils, elle tenta de chasser ces pensées de son esprit pour se concentrer sur le présent. La situation était déjà assez compliquée comme cela sans en rajouter.

Il y avait déjà sa tante qui commençait à s'habituer à la vie au palais ainsi que son fils qui semblait convaincu qu'elle allait épouser Paris Apollo. Pire encore, une part d'elle devait l'être aussi pour accepter ses longues heures de discussion et d'essayage de robe de mariée et de leçons protocolaires.

— Ce serait agréable de ne plus avoir à m'inquiéter pour l'argent, avoua-t-elle à contrecœur, ou d'être un poids pour toi.

— Je me souviens de ton retour d'Angleterre, dit Corinne. On aurait dit qu'il t'avait brisé le cœur. Non, c'était plus que ça, je ne te reconnaissais plus. Mais, à présent, il veut t'épouser. Votre histoire a une fin heureuse.

Madelyn retint une grimace. L'optimisme de sa tante lui donnait envie de hurler. Ne comprenait-elle pas qu'ils n'avaient aucun avenir ensemble ?

— Ton dernier essayage a lieu aujourd'hui, continua-t-elle, inconsciente de son trouble. Je sais que tu n'aimes pas ce genre de commentaire, mais tu ressembles vraiment à une reine dans cette robe. Elle est incroyable, Madelyn. Tu es incroyable.

Posant une main sur sa gorge, Madelyn lui adressa un sourire en hochant la tête. Pourquoi avait-elle l'impression qu'elle était sur le point de se noyer ?

Tournant la tête, elle avisa Troy et Paris Apollo qui riaient aux éclats, et elle eut soudain du mal à respirer.

Elle aurait dû se réjouir qu'ils s'entendent aussi bien. Troy avait toujours voulu connaître son père, et à présent c'était chose faite. Alors pourquoi se sentait-elle aussi mal ?

Une part d'elle – dont elle était loin d'être fière et dont elle aurait probablement nié l'existence si on lui avait posé la question – aurait préféré que Troy se soit montré plus méfiant vis-à-vis de son père, que Paris Apollo ait à faire de véritables efforts pour gagner l'affection de son fils. Elle se détestait de penser ainsi, mais c'était plus fort qu'elle...

Quelques jours plus tard, elle vérifia son reflet dans un miroir et poussa un soupir. Elle n'avait aucune envie d'assister à cette réception, mais elle n'avait pas le choix.

Un peu plus tôt, Paris Apollo l'avait aperçue dans un couloir du palais, et son regard s'était longuement attardé sur son corps, lui arrachant des frissons de désir. Comme s'il avait deviné ses pensées, il l'avait attirée dans une petite alcôve et lui avait fait sauvagement l'amour. Il lui avait ensuite annoncé que sa présence était requise à la soirée tout en réajustant son costume qui n'était même pas chiffonné.

Lorsqu'elle avait grimacé pour lui signifier sa mauvaise humeur, il s'était contenté d'éclater de rire.

— Tu peux toujours essayer de refuser, avait-il déclaré d'un ton moqueur avant de l'embrasser et de disparaître.

Refuser ? Comme si elle en était capable. Elle ne se sentait même pas la force de discuter avec lui tant son corps frémissait toujours du plaisir qu'il lui avait donné.

Vaincue, elle était retournée dans ses appartements pour prendre un bain et passer quelques heures en compagnie de Troy et Corinne.

Et lorsque ses femmes de chambre s'étaient présentées pour l'aider à se préparer, elle n'avait même pas cherché à résister. Il était trop tard pour cela.

Lissant une dernière fois sa robe, elle traversa les couloirs du palais en s'efforçant d'afficher un sourire censé être à la fois amical, poli, mais également distant.

Saluant les employés d'un signe de la tête, elle se prépara à affronter les invités - des aristocrates et des bureaucrates pour la plupart - qui allaient sûrement chercher à se rapprocher de la future reine d'Ilonia.

Comme elle pénétrait dans la cour, elle prit une seconde pour observer les lanternes projetant une lumière dorée sur le sol avant de s'immobiliser, le cœur battant. Ses parents se tenaient près de l'entrée, l'air à la fois impressionné et mal à l'aise.

L'espace d'un instant, Madelyn fut incapable de faire le moindre geste. Elle se contenta de les regarder, mille pensées lui traversant la tête. Que faisaient-ils ici ? Se pouvait-il qu'ils aient compris leur erreur ? Peut-être ne la considéraient-ils plus comme une ratée à présent qu'elle était fiancée à un roi ? Ils étaient peut-être enfin fiers d'elle ?

Contrairement à ce qu'elle espérait, aucun d'eux ne fit un geste dans sa direction. Ils ne vinrent pas non plus l'enlacer ou l'embrasser comme elle le faisait toujours quand elle retrouvait Troy.

Des émotions enfouies depuis longtemps remontèrent brutalement à la surface, et elle s'évertua à rester impassible comme sa poitrine se serrait douloureusement. Malgré les années, elle était toujours cette jeune fille rêvant d'obtenir l'approbation de ses parents, celle qui espérait toujours qu'elle pourrait un jour prendre une place dans leur cœur.

Pourtant, si elle restait toujours leur fille, quelque chose avait changé. Elle était mère à présent, une mère qui ne traiterait jamais son fils comme ils l'avaient traitée autrefois et comme ils la traitaient en ce moment.

— Maman, papa, les salua-t-elle en relevant le menton.

Peu importait ce qu'ils pouvaient penser d'elle. Elle n'avait pas à avoir honte de quoi que ce soit.

Du coin de l'œil, elle nota que plusieurs employés tenaient les autres invités à l'écart, et cette fois, elle fut reconnaissante de leur présence et de l'obsession du palais à maintenir les apparences.

— Nous pensions que nous pourrions voir l'enfant, déclara son père d'un ton hautain.

Madelyn écarquilla les yeux tandis qu'une vague de fureur déferlait en elle.

Se forçant à sourire, elle demanda :

— Vous avez fait tout ce voyage pour rencontrer Troy ? C'est plutôt amusant quand on y pense. Cela aurait été bien plus court si vous étiez venus aux États-Unis.

— S'il te plaît, Madelyn, ce n'est ni le lieu ni le moment, la réprimanda sa mère, exactement comme à son habitude.

Madelyn se mordit les lèvres et lança un regard noir à ses parents tout en veillant à rester discrète.

Même avant leur arrivée, elle avait eu parfaitement conscience qu'elle serait forcée de les revoir lors du mariage. Les différents ministres avec qui elle avait discuté avaient été très fermes sur ce point. Ce qui s'était passé entre eux n'avait aucune importance, il fallait simplement sauver les apparences.

— Certains ne manqueront pas d'affirmer que la future reine est indigne de notre roi, avait déclaré l'un d'eux d'un ton si brusque qu'elle s'était demandé s'il ne partageait pas ce point de vue. En analysant d'autres relations entre roturiers et membres de la famille royale, nous avons conclu que la meilleure défense est de présenter un front uni, surtout lors des préparatifs du mariage.

— Ne vous inquiétez pas, avait ajouté un autre. Votre nouvelle fonction exigera de vous que vous changiez radicalement de vie et que vous limitiez les contacts avec ceux qui font partie de votre passé.

Malheureusement, Madelyn n'avait pas envisagé qu'elle serait confrontée à eux aussi rapidement.

Malgré elle, la conversation qu'elle avait eue avec sa tante quelques jours plus tôt lui revint en mémoire.

Troy était à quelques mètres d'elle et observait des tableaux de jeunes garçons qui lui ressemblaient comme deux gouttes d'eau tandis que Paris Apollo répondait patiemment à ses questions.

— J'aurais tellement aimé ne pas les décevoir ainsi, avait-elle soupiré.

Corinne avait hésité un instant avant de déclarer :

— Je n'ai jamais aimé jeter de l'huile sur le feu, Madelyn, mais ma sœur a toujours été très compliquée. Rien ne lui convenait jamais. Elle critiquait toujours tout. Je m'en souviens très bien.

Chassant ces pensées de son esprit, elle se força à se concentrer sur ses parents, et sur le silence qui s'étirait.

Pour peu, elle aurait pu croire qu'elle était revenue des années en arrière à cette époque où elle s'efforçait d'être la fille parfaite. La seule différence était que cette fois, elle refusait de faire le moindre effort.

— Nous avons reçu un message d'un émissaire de ton… du roi, déclara son père après de longues minutes. Il a insisté pour que nous venions te soutenir.

— Et comme un roi dont vous ignoriez probablement l'existence a insisté, vous êtes venus…

— Nous avons découvert qui il était quand ces horribles journalistes se sont installés devant chez nous, rétorqua son père d'un air furieux. Les voisins ne nous regarderont plus jamais de la même manière.

— Quelle horreur ! murmura-t-elle, sarcastique.

— Je vois que les années n'ont pas adouci ton comportement, soupira sa mère. Quel dommage !

Madelyn laissa échapper un petit rire.

— Je n'ai jamais voulu abandonner Troy alors que vous avez insisté pour que je le fasse. Vous m'avez même reniée, leur rappela-t-elle. Je ne vois pas comment adoucir cette réalité.

Son père émit un bruit étranglé, mais Madelyn l'ignora et focalisa son attention sur sa mère.

Comme toujours, Angie Jones agissait comme si Madelyn cherchait consciemment à la blesser ou à l'humilier, alors qu'elle n'était qu'une victime innocente menant un combat héroïque pour ne pas s'effondrer. Les émotions de Madelyn bouillonnaient en elle, mais elle réussit à se contenir.

— Je craignais que tu aies trouvé un moyen d'éviter d'assumer les conséquences de tes actes et j'avais raison, affirma Angie en secouant la tête d'un air désolé. Je suis déçue, Madelyn, que tu choisisses toujours la facilité.

À ces mots, la rage de Madelyn atteignit son paroxysme, manquant la faire trembler de colère.

Bien décidée à remettre sa mère à sa place, elle ouvrit la bouche, mais une voix familière retentit la réduisant au silence.

— On m'a accusé de bien des choses, madame, mais jamais d'être un homme facile.

Sa mère afficha aussitôt un air mortifié comme son père grimaçait.

Rejoignant sa fiancée, Paris Apollo glissa un bras autour de sa taille.

— Demandez à n'importe qui, continua-t-il d'un ton posé, presque ennuyé. Je suis très exigeant.

Madelyn retint un sourire tant ses parents semblaient choqués par l'arrivée du souverain d'Ilonia.

— Si vous voulez bien nous excuser, c'est notre fête de fiançailles. Nous sommes très heureux que vous ayez pu venir.

Sans attendre leur réponse, il l'entraîna loin de ses parents, et Madelyn s'autorisa à se détendre tout en ne parvenant pas totalement à oublier leur présence.

De nombreux invités se pressèrent aussitôt pour leur adresser des félicitations, certains n'hésitant pas à la complimenter d'un air sincère tandis que d'autres semblaient tout simplement ravis que leur souverain épouse une femme normale.

— Une femme comme nous, précisa une invitée d'un air timide, mais tellement plus belle.

Madelyn ne comprenait pas pourquoi ses parents étaient les seuls qu'elle ne pourrait jamais impressionner… alors qu'une part d'elle le voulait tant.

— Tu sembles ailleurs, commenta Paris Apollo en lui faisant quitter la soirée, un peu plus tard.

Comme lui avait expliqué un conseiller, c'était le privilège de la famille royale d'abandonner ainsi ses convives, et elle n'allait pas s'en plaindre.

— Je suis là, rétorqua-t-elle d'un ton distrait.

L'entraînant dans l'un des grands halls du palais décoré de dizaines de magnifiques sculptures, il s'arrêta et se tourna vers elle.

— Tu ne sembles pas avoir de bonnes relations avec tes parents, fit-il remarquer en plongeant ses yeux verts dans les siens.

Le souffle de Madelyn se bloqua dans sa poitrine. Elle ne voulait pas discuter de ça avec lui. Surtout pas maintenant sans quoi elle risquait de s'effondrer.

— Je ne veux pas penser à eux, rétorqua-t-elle d'une voix aiguë. Je n'ai pas envie de penser à quoi que ce soit.

À ces mots, il lui adressa un sourire sensuel.

— Je sais ce qu'il te faut.

Sans perdre une seconde, il la ramena dans sa chambre et dans ce lit qui était pratiquement devenu un lieu sacré tant ce qu'ils y partageaient était magique...

Il lui fit l'amour, l'emmenant plus haut et plus loin que tout ce qu'elle avait imaginé, la faisant exploser de plaisir avant de la reconstruire, lentement, par chacune de ses caresses et chacun de ses baisers.

Pourtant, malgré tous ses efforts, le sommeil ne vint pas. Et lorsqu'il se releva pour enfiler des vêtements sombres, quelques heures plus tard, elle s'évertua à rester immobile.

Ce n'était pas un rêve ni une hallucination et, cette fois, elle ne pouvait pas nier la vérité plus longtemps. La présence de ses parents lui avait au moins appris une chose : elle refusait de redevenir la jeune fille crédule et naïve qu'elle avait été autrefois.

Se levant à son tour, elle remit sa robe et ses chaussures avant de le suivre dans la nuit noire.

9

Paris Apollo marchait depuis un moment quand il se rendit compte qu'il était suivi.

Furieux contre lui-même, il retint un juron. Il aurait dû le remarquer plus tôt, immédiatement même, au lieu de se comporter comme un crétin abruti par l'amour. Vraiment, il était destiné à décevoir ceux qui comptaient le plus pour lui, mais également lui-même.

Il s'était habitué à quitter le palais sans être vu. La plupart du temps, il escaladait le mur mais, ce soir, il avait emprunté une porte dérobée cachée dans un recoin du jardin.

C'était la première fois que quelqu'un le prenait ainsi en chasse. Le problème était qu'il ignorait depuis combien de temps il était suivi. Et tout ça, parce qu'il était trop distrait par Madelyn pour prêter attention à ce qui l'entourait.

Il était déjà engagé sur l'ancien sentier descendant la colline, celui que des Iloniens avaient creusé de leurs mains des siècles plus tôt.

Prenant vers l'ouest, il avait rejoint l'un des quartiers les plus huppés de l'île pour se diriger vers sa cible : une imposante villa appartenant à son cousin Konos. Et tout au long du trajet, il s'était répété inlassablement que celui-ci n'était pas sa proie, car il avait encore de nombreux complices à éliminer.

À présent, son cousin s'était probablement aperçu que quelqu'un avait décidé de s'attaquer à ses hommes de main.

Ces crétins qu'il avait utilisés pour commettre ses crimes tout en gardant les mains propres et en s'assurant que toute action légale entamée contre lui n'aurait aucune chance d'aboutir.

Konos n'était pas un idiot. Il avait même réussi à se protéger des décrets royaux. Non seulement le traîner devant les tribunaux serait trop long mais, après toutes ses attaques contre Paris Apollo, n'importe quelle réaction de sa part serait considérée comme une tentative de vengeance d'autant que son cousin avait les médias locaux dans la poche.

Pourtant, en cette nuit, à quelques heures de son mariage avec sa reine et de la présentation officielle de son héritier, Paris Apollo n'avait qu'une envie : voir le visage de son cousin quand il comprendrait que ses plans étaient sur le point de tomber à l'eau.

Des ragots couraient déjà sur l'existence de Troy. La situation était d'ailleurs assez sérieuse pour qu'Angelique Silvestri lui en parle quelques jours plus tôt. Et après la discussion entre Madelyn et ses parents, les rumeurs se feraient sans doute plus précises.

Il n'était cependant pas inquiet. Au contraire, tout se déroulait exactement comme il l'avait prévu... enfin c'était le cas avant qu'il découvre qu'il était suivi. Ralentissant, il se cacha derrière un arbre pour attendre son poursuivant.

Quelques minutes plus tard, une silhouette apparut et regarda dans sa direction avant de s'avancer dans la lumière. Son sang se figea aussitôt quand il reconnut Madelyn.

L'espace d'un instant, il voulut la rejoindre avant de s'immobiliser. Elle ne l'avait pas vu et le cherchait dans les ténèbres, les mains sur les hanches et une grimace sur le visage, tout cela sans s'inquiéter d'être vue.

N'y tenant plus, il s'avança et demanda :

— Je peux savoir ce que tu fais ?

Madelyn se tourna aussitôt vers lui sans avoir l'air surprise.

— Je devrais plutôt te demander ce que tu fais là, rétorqua-t-elle en relevant le menton comme pour le défier.

Loin de paraître impressionnée, elle souleva sa robe et marcha vers lui, ne s'arrêtant qu'à quelques centimètres de lui.

Comment pouvait-elle être aussi inconsciente ? Ne voyait-elle pas le danger qu'elle courait à l'approcher ainsi alors que son corps était à l'agonie ? Ce n'était plus du sang, mais de la lave incandescente qui coulait dans ses veines lui enjoignant de la faire sienne de nouveau. Il avait d'ailleurs du mal à réfléchir tant il se consumait de désir pour elle.

— Je t'ai vu quitter le palais la première nuit après mon arrivée. J'ai cru que c'était un effet de mon imagination, poursuivit-elle en secouant la tête, mais c'est bien réel. Tu sors chaque nuit !

— Tu ne devrais pas être là, Madelyn.

— À quoi penses-tu ? s'enquit-elle comme s'il n'avait rien dit. Tu dois pourtant savoir à quel point c'est dangereux pour toi de sortir ainsi.

— Je ne cours aucun risque.

— Tu es le roi, Paris Apollo ! lui rappela-t-elle, visiblement irritée. Si ce n'était pas dangereux, pourquoi as-tu autant de gardes ou de si hautes murailles autour de ton palais ? Il suffirait d'un seul individu déterminé à en finir pour que tu comprennes que ces mesures sont nécessaires. Un seul ! Ces petites escapades nocturnes en valent-elles vraiment la peine ?

— Ça ne te regarde pas.

Il devait faire des efforts monumentaux pour ne pas élever la voix alors qu'il n'avait jamais été homme à s'emporter aussi facilement.

— Tu n'aurais jamais dû me suivre. Tu n'es pas en sécurité ici.

— Tu admets enfin le danger, dit-elle en plongeant son regard dans le sien. Je ne comprends pas pourquoi tu es prêt à risquer ta vie de cette façon. Qu'est-ce qui se passe ?

Serrant les poings, il se força à se calmer alors qu'il avait envie de lui hurler de le laisser en paix, mais il ne pouvait pas se le permettre. N'importe qui aurait pu suivre leur échange, caché derrière une fenêtre.

Depuis sa plus tendre enfance, il avait appris qu'un membre de la famille royale devait toujours avoir conscience d'être observé. Il n'y avait qu'à l'Hermitage qu'il était libre et surtout entièrement seul.

Les gardes du palais assuraient sa sécurité, mais leur présence garantissait également que son intimité soit préservée.

Malheureusement, avec Madelyn, c'était différent. Elle semblait déterminée à percer ses secrets, quitte à le suivre au milieu de la nuit malgré le danger. La perspective de la savoir aussi proche de son cousin suffisait d'ailleurs à le rendre fou.

La prenant par le poignet, il l'entraîna derrière lui, s'attendant à ce qu'elle résiste comme elle le faisait toujours. Pour une raison inconnue, cette fois, elle ne chercha pas à se libérer et se contenta de le suivre comme s'ils n'étaient qu'un couple en promenade.

Malgré lui, son regard se posa sur les lumières filtrant par les fenêtres de la villa de Konos, et il retint un juron. Il aurait pu en apprendre beaucoup si Madelyn n'avait pas interrompu sa soirée…

Arrivé à une petite porte située au bout d'une allée sombre séparant deux *cottages*, il enclencha un levier caché dans une haie.

Elle s'ouvrit pour révéler un sentier qui donnait l'impression de s'enfoncer directement dans les profondeurs de l'océan. Ce n'était qu'une illusion, car le chemin formait un coude, caché par la colline, pour descendre jusqu'à une plage privée.

Enfonçant ses pieds dans le sable, il la relâcha et s'éloigna, car sa présence était à deux doigts de lui faire perdre son sang-froid.

— Je te repose la quest on : qu'est-ce qui t'a pris de me sui re ? l'interrogea-t-il, les yeux rivés sur la voûte étoilée.

— Je pourrais t'en poser une autre. Le roi ne devrait probablement jamais se promener seul dans l'obscurité, mais c'est encore plus vrai cette nuit, avec tous les invités présents au pal is ! On dirait que tu as envie d'être surpris.

— Ce n'est pas le cas.

— Tu n'as pourtant pas remarqué que je te suivais, et je ne me suis pas montrée particulièrement discrète.

Il ne put retenir une grimace et sut qu'elle l'avait vue.

Penchant la tête, elle dema da :

— Pourquoi tu ne me dis pas ce qui se pa se ?

Paris Apollo ferma un instant les yeux. Une part de lui refusait de lui parler tandis qu'un autre lui enjoignait de le faire, car Madelyn était peut-être la seule à qui il pouvait se confier après avoir gardé le silence durant deux ans.

Chaque nuit, ils se donnaient plus de plaisir que tout ce qu'il avait imaginé dans ses rêves les plus fous avant de s'endormir dans les bras l'un de l'autre, et son instinct lui hurlait qu'elle était exactement ce dont il avait besoin. Elle l'avait toujours été.

— Tu peux me parler, ajouta-t-elle sans le quitter du regard. Je t'écouterai, quoi que tu aies à me dire.

Le ton de sa voix le surprit, et il faillit éclater de rire.

— Tu crois qu'il s'agit d'une fe me ?

Elle garda le silence, et il se passa la main dans les cheveux dans l'espoir de retrouver son sérieux.

— Tu me surestimes. À moins que tu penses que tu ne me satisfais as ?

— J'ai toujours eu cette impression, répondit-elle.

L'étrange lueur passant dans ses yeux lui indiqua que le sujet était sérieux.

— J'étais dans ma chambre quand tu es partie, déclara-t-il, d'une voix rauque.

— Je le sais.

— J'étais seul, précisa-t-il. J'avais ordonné à mes serviteurs de ne pas me déranger jusqu'à ce que ma bouteille de scotch soit vide. Je ne suis pas sorti pendant deux jours. C'est toi qui es partie, lui rappela-t-il avec une grimace.

Elle tressaillit, et son visage pâlit violemment, mais elle ne chancela pas.

— Je n'ai pas de maîtresse, continua-t-il sans cesser de l'observer. Je ne quitte pas mon palais chaque nuit pour aller m'amuser dans le lit d'une autre femme. Si c'était le cas, je te garantis que je ne chercherais pas à me cacher. J'ai de nombreux défauts, Madelyn, mais je n'ai jamais été un menteur.

— Je te crois, mais uniquement parce que tu n'as jamais su te montrer discret jusqu'à présent, ajouta-t-elle comme les vagues venaient s'écraser sur la plage. Qu'est-ce qui a cha gé ?

Malgré lui, ses paroles le touchèrent profondément. Madelyn le croyait.

Ceux qui l'entouraient ou le fréquentaient de près ou de loin avaient toujours été convaincus qu'il était prêt à tout pour satisfaire ses appétits, y compris à mentir et à tromper ses partenaires. Tous, sauf Madelyn. Elle était la seule à savoir qui il était vraiment.

Pourtant, lorsqu'ils étaient à Cambridge, sa façon de le regarder comme si elle lisait au plus profond de son âme l'avait mis mal à l'aise. Tant et si bien qu'une partie de lui avait peut-être cru un peu trop rapidement les paroles d'Annabel... Et s'il s'était trompé parce qu'il était alors trop jeune et trop inexpérimenté pour comprendre les sentiments que Madelyn éveillait en ui ? Cette perspective avait quelque chose de rassurant.

— Tout le monde sait qui a ordonné le meurtre de mes parents, déclara-t-il, incapable de garder le silence plus longtemps. Mon cousin Konos a toujours été un homme ambitieux, et il n'a jamais caché son désir de monter sur le trône. Quand je n'avais que treize ans, il a commencé à faire courir des rumeurs dans les tabloïds afin de convaincre le public que je n'étais pas apte à régner. Normalement, les médias n'étaient pas censés parler de moi avant ma majorité, soupira-t-il, mais j'ai été forcé de me créer un personnage afin de contrecarrer les plans de mon cousin. Je suis devenu ce prince manquant de sérieux, passant son temps à profiter des plaisirs de l'existence pour endormir sa méfiance.

Scrutant Madelyn, il attendit sa réaction. Elle ne semblait plus en colère contre lui, et son instinct lui soufflait qu'elle comprendrait son besoin de se venger.

— Si tout le monde sait qu'il a tué tes parents, pourquoi n'a-t-il pas été p ni ? demanda-t-elle enfin.

— Parce qu'il est le cousin du roi, expliqua-t-il, une vague de fureur montant en lui. Le sang qui coule dans ses veines le protège. Et il n'y a pas la moindre preuve de son implication dans leur assassinat.

— C'est pour ça que tu sors chaque nuit...

Il eut soudain envie de lui caresser la joue mais n'en fit rien. Le risque était trop grand. Il oubliait tout – le reste du monde, ses doutes, ses objectifs – quand il la touchait, et à présent qu'il avait commencé à lui raconter son histoire, il ne voulait pas s'arrêter.

— J'ai commencé à lire les journaux locaux, et il y a pratiquement chaque jour un article indiquant que des criminels ont été capturés et livrés à la police, déclara-t-elle en le regardant comme si elle le voyait vraiment pour la première fois. Ils ont toujours une liste de leurs crimes accrochée à leur torse. C'est toi le responsable, n'est-ce as ? Tes mains étaient écorchées l'autre nuit...

— Mes parents auraient dû vivre encore des années, affirma-t-il en guise de réponse. Ils auraient dû avoir la chance de voir leur fils devenir un homme et assumer enfin le rôle qui lui revenait de droit, celle d'apprendre à connaître leur petit-fils, mais ils n'en ont pas eu le temps. Et l'homme responsable de leur mort se promène librement, convaincu qu'il ne risque rien tandis qu'il complote pour me voler le trône. Éliminer le roi et la reine et déclarer leur héritier incapable de régner, le voilà son p an ! Et je suis certain que s'il n'arrive pas à convaincre l'opinion publique, il s'arrangera pour que j'aie moi aussi un accident.

— La police peut t'aider. Pourquoi tu ne...

— Ils étaient mes parents, Madelyn, la coupa-t-il d'un air

sombre. J'étais leur petit miracle. Ils m'aimaient, et tout ce que je leur ai montré était que j'étais prêt à tout pour éviter d'assumer les responsabilités qu'ils souhaitaient me confier.

Sa gorge le brûla, et il s'interrompit. Il ne pouvait pas lui avouer qu'il était tombé amoureux d'elle six ans plus tôt, et qu'il n'avait jamais cessé de l'aimer exactement comme ses parents l'auraient voulu. Grâce à elle, il avait lui aussi expérimenté un amour intense, pur et incroyablement dévastateur.

— C'est la seule chose que je puisse faire pour honorer leur mémoire, conclut-il d'une voix rauque.

Il combla la distance qui les séparait et l'attira à lui, s'attendant à ce qu'elle dise qu'elle comprenait et qu'il avait raison, mais elle secoua la tête.

— Je m'en suis longtemps voulu d'avoir déçu mes parents, dit-elle doucement. J'aurais pu devenir la fille qu'ils espéraient que je sois, car je savais exactement ce qu'ils attendaient de moi, mais au lieu de ça j'ai choisi de faire le contraire de ce qu'ils voulaient. C'est ce que je me suis répété durant toutes ces années. Mais ce soir, ils m'ont prouvé que rien de tout ça n'était ma faute. Si je n'étais pas tombée enceinte de Troy, ils auraient trouvé une autre raison de me renier. Je n'aurais jamais réussi à les rendre fiers de moi parce qu'ils ne m'ont jamais aimée.

— Mes parents n'étaient pas comme ça. Au contraire, ils se sont probablement montrés trop laxistes. Ils me pardonnaient toutes mes erreurs.

— Je ne cherche pas à prétendre le contraire, rétorqua-t-elle en posant la main sur son torse. C'étaient sans doute des parents merveilleux, et je regrette sincèrement de ne pas avoir eu la chance de les connaître ou de leur présenter Troy, mais…

Elle s'arrêta un instant comme si elle cherchait ses mots.

— Ce que je veux dire c'est que j'ai souvent pensé à la façon dont je pourrais me venger du fait qu'ils m'aient abandonnée quand j'avais le plus besoin d'eux. Mais tu veux savoir ce que j'ai compris ce s ir ?

— Je ne...

— La vengeance est un poison, le coupa-t-elle, qui t'enchaîne dans les ténèbres, te forçant à revivre les pires moments de ton existence alors que le reste du monde continue à avancer. Je le sais mieux que personne. Mon fils, non, notre fils, grandissait alors que j'étais toujours prisonnière du passé, à chercher un moyen de leur faire payer d'avoir voulu me convaincre de l'abandonner. Tu ne comprends pas ? C'est comme si je les avais laissés me l'enlever ! Ce soir, j'ai compris qu'ils n'avaient pas de pouvoir sur moi si je refusais de leur en donner.

— Il s'agit de justice, Madelyn, insista-t-il, désespéré. La vengeance n'est qu'une récompense supplémentaire.

Elle plongea son regard dans le sien. Ses yeux avaient la couleur de l'océan peu avant l'aube.

— Chacune des personnes que j'ai rencontrées, que ce soient des serviteurs, des ambassadeurs ou même des aristocrates, m'ont décrit tes parents comme des souverains sages, généreux et aimants. L'amour était le moteur de leur vie, c'est évident.

— Ils étaient incroyables, approuva-t-il, le cœur lourd.

— Alors tu dois savoir que ce n'est pas ce qu'ils auraient voulu pour toi, souffla-t-elle.

Ces mots le blessèrent plus profondément que n'importe quelle arme, et il recula en chancelant. Il avait besoin de mettre de la distance entre eux parce que Madelyn ne comprenait pas. Elle ne pourrait jamais comprendre.

L'espace d'un instant, il souhaita que la lune disparaisse, que les étoiles s'éteignent et que les vagues désertent la plage. Il n'avait pas besoin de témoins alors que la seule femme qu'il avait jamais aimée venait de lui prouver ce qu'il avait toujours su au fond de son cœur. Les deux seuls êtres à avoir véritablement cru en lui étaient morts, et il en était partiellement responsable.

— Que sais-tu de l'amour ? l'interrogea-t-il d'une voix

froide et dure. Tu n’as certainement rien appris de tes parents ni de ta liaison avec un homme que tu as abandonné sans un regard en arrière pour rentrer chez toi.

— Je n’ai jamais fait une chose pareille ! Je le savais ! Je savais que tu mentais en disant ne pas te souvenir de moi, continua-t-elle d’un air désolé.

— Je voulais t’oublier, précisa-t-il sèchement. Je voulais que tu penses que les instants que nous avons partagés ne représentaient rien pour moi. C’est ça que tu appelles l’amour, Madelyn ? s’enquit-il d’un ton moqueur. C’est de là que te vient cette sagesse que tu veux me transmettre ?

Ses paroles semblèrent la faire vaciller un instant, mais elle se reprit rapidement, plantant ses deux pieds fermement dans le sol et ses yeux dans les siens comme si elle se préparait à livrer bataille.

— Je sais tout ce que j’ai besoin de savoir sur l’amour, déclara-t-elle de ce ton doux, mais sans concessions qu’elle affectionnait tant et qui avait le pouvoir de le rendre fou de rage. Je crois que je suis tombée amoureuse de toi au premier regard. C’est pour ça que notre liaison a été aussi intense, et c’est aussi la raison pour laquelle nous étions tous les deux soulagés quand je suis rentrée chez moi. C’était plus facile de prétendre que nous ne représentions rien l’un pour l’autre, n’est-ce pas ? Mais ce n’était qu’un mensonge. C’était de l’amour, Paris Apollo. Je le sais, nous le savons tous les deux.

Il ouvrit la bouche pour lui mentir et prononcer les mots qui mettraient un terme définitif à cette conversation, mais il ne put s’y résoudre.

Comme si elle savait exactement ce qu’il ressentait, Madelyn s’avança.

— Tu es le seul homme que j’ai aimé, et le seul que j’aimerai toujours. Et je sais qu’il en va de même pour toi, même si tu refuses de l’admettre.

— Je suis incapable d’aimer, affirma-t-il, la gorge nouée. Demande à n’importe qui !

— C'est inutile. Je sais que tu ressentais la même chose que moi. Nous avons peut-être mené des vies radicalement opposées ces six dernières années, mais ça n'a aucune importance, affirma-t-elle, son assurance l'irritant profondément. Il y a toujours eu de l'amour entre nous, et il y en aura toujours quoi qu'il arrive.

— Tu n'avais pas l'intention de m'informer de l'existence de mon fils, lui rappela-t-il, décidé à s'accrocher aux faits pour lui prouver qu'elle avait tort. Ce n'est pas de l'amour, Madelyn, mais plutôt les désillusions d'une jeune femme inexpérimentée.

— Nous savons tous les deux que c'est faux... d'autant que grâce à toi, je suis loin d'être inexpérimentée. Ce n'est pas l'amour qui nous fait souffrir, Paris Apollo. C'est prétendre qu'il n'existe pas, ajouta-t-elle de cette même voix mélodieuse qui semblait couvrir le bruit de l'océan et les battements de son cœur. De prétendre que ce lien incroyable qui nous unit n'existe pas, que la foudre ne nous a pas frappés de plein fouet, marquant notre chair et bouleversant notre existence. Nous sommes faits l'un pour l'autre, tu le sais aussi bien que moi.

— Pour l'amour du ciel, Madelyn...

— Si mes mots ne sont pas suffisants pour te convaincre, l'interrompit-elle de nouveau, tu n'as qu'à penser à Troy. Il est la somme parfaite de l'amour que nous ressentons l'un pour l'autre. J'ai vu la façon dont tu le regardes avant de me regarder. Comme si tu n'arrivais pas à croire que c'est nous qui l'avons mis au monde. C'est pourtant le cas.

Paris Apollo serra les mâchoires. Il n'en pouvait plus. Il avait besoin de partir, mais ses pieds refusaient de bouger.

— Et tu sais comment nous l'avons créé ? demanda-t-elle, le mettant au supplice. Avec de l'amour. Il n'y a pas une seule cellule de son corps qui n'a pas été faite avec de l'amour. Il est la preuve dont tu as besoin, la preuve bien vivante, riante et ravie d'être prince dont tu as besoin.

Paris Apollo secoua la tête. Il ne voulait pas parler de Troy, pas maintenant. L'adorable petit garçon si intelligent et vif n'avait pas sa place dans cette conversation même s'il était sans doute responsable de cette faille qui était apparue au plus profond de son cœur.

— Tu peux parler d'amour si tu le souhaites. Je ne peux pas t'en empêcher, reconnut-il en grimaçant, mais l'amour n'a rien à voir avec la route que j'ai l'intention de suivre.

Loin de se laisser décourager, Madelyn l'enlaça plus étroitement.

— Les tribunaux existent pour une bonne raison. Tu es un roi, pas un justicier, déclara-t-elle d'un ton pressant. Et tu es un père, un fiancé et un homme. Et je sais que tu peux être tout cela à la fois parce que tu es quelqu'un de bien.

Non, elle se trompait. Il n'y avait pas de place pour l'amour dans sa vie. Il n'y avait que la rage, le désespoir et la culpabilité qui le rongeaient de l'intérieur.

S'écartant, il se libéra de son étreinte et se força à prendre un air féroce. C'était la seule solution. Il ne pouvait pas être l'homme qu'il voyait parfois dans ses yeux quand elle le regardait. Il était une créature des ténèbres qui ne vivait que pour la vengeance, l'ombre de l'homme que ses parents auraient voulu qu'il devienne.

— Tu te trompes à mon sujet, affirma-t-il froidement.

Il ne pouvait pas lui donner ce dont elle avait besoin, mais il refusait de les mettre en danger, elle et son fils, en les gardant auprès de lui plus longtemps.

— Et si tu veux que je te le prouve, je suis prêt à le faire.

Madelyn murmura son nom qui sembla se répercuter au plus profond de son être, mais il resta impassible. Sa décision était prise.

— Je te libère. Je vais ordonner l'annulation du mariage. Tu as ma bénédiction pour rentrer chez toi avec Troy, conclut-il avant de tourner les talons, l'abandonnant sans un regard en arrière.

10

Madelyn resta seule sur la plage durant ce qui lui sembla une éternité avant de reprendre le sentier d'une démarche chancelante.

Comment en était-elle arrivée là ? Pourquoi lui avait-elle offert son cœur une seconde fois pour qu'il le brise de nouveau ?

Avançant dans l'obscurité, elle comprit soudain que tout ce qu'elle lui avait dit s'appliquait également à elle.

Ilonia ressemblait à une île de conte de fées, mais les parents de Paris Apollo y avaient été assassinés. Il était tout aussi dangereux pour la future reine – enfin, l'ex-future reine – de se promener à une heure aussi tardive que cela l'était pour le roi. Elle aurait tout aussi bien pu se dessiner une cible sur le dos.

Accélérant le pas, elle remonta la colline pour rejoindre le palais et se glissa discrètement par la petite porte qu'elle avait empruntée à l'aller.

Une fois à l'intérieur, elle parcourut les couloirs, un sourire aux lèvres, et se rendit jusqu'aux appartements de Paris Apollo. Contrairement à ce à quoi elle s'attendait, il n'était pas sur sa terrasse ni dans aucune des autres pièces d'ailleurs.

Décidée à l'attendre, elle s'allongea dans ce lit où il lui avait donné tant de plaisir et s'endormit aussitôt d'un sommeil sans rêves.

Le lendemain matin, elle se réveilla tard, mais toujours seule. Non seulement Paris Apollo n'était pas là, mais il n'y avait aucun signe de son retour.

Le cœur lourd, elle se leva et retourna dans ses appartements. Elle aurait aimé pouvoir interroger les employés qu'elle croisa dans les couloirs, mais elle ne put s'y résoudre. De nombreux invités séjournaient au palais, y compris ses parents, et elle ne voulait surtout pas qu'ils la voient dans cet état.

Heureusement, trois femmes de chambre l'attendaient déjà.

— J'ai besoin de voir le roi, annonça-t-elle.

— Il n'est pas ici, répondit l'une d'elles avec un sourire malgré la curiosité brillant dans son regard.

— Nous avons reçu l'ordre de faire vos bagages, immédiatement, indiqua une autre.

— Veuillez nous excuser, implora la troisième.

Madelyn eut envie de hurler, mais elle se contenta d'aller prendre une douche et de s'habiller. Elle se rendit ensuite auprès de sa tante pour découvrir si elle avait déjà été mise au courant.

— Oui, mais Troy ne sait rien, la prévint-elle.

— Tant mieux, assurons-nous que personne ne lui en parle.

— Tu as raison, je suis certaine que tout va s'arranger, affirma Corinne, lui mettant du baume au cœur.

Après avoir embrassé son fils, elle décida d'aller parler à Angelique Silvestri.

— J'ai entendu une horrible rumeur, annonça cette dernière après l'avoir invitée dans son bureau.

— Moi aussi.

— Est-ce vrai ? demanda la ministre en plongeant son regard dans le sien.

— Je ne sais pas comment vous avez appris la nouvelle, mais je peux vous garantir que je n'ai pas donné mon accord.

Elle se tut et attendit, le cœur battant, car elle ne connaissait pas assez Angelique pour savoir comment elle allait réagir.

— Merveilleux ! déclara celle-ci, sa réaction la surprenant autant qu'elle la rassurait.

Elle avait au moins une alliée au palais.

— Personne ne semble savoir où il est.

— Il est retourné à l'Hermitage et a ordonné de ne pas être dérangé. Il a même précisé qu'il vous était interdit de le suivre, ajouta-t-elle d'une voix douce.

Madelyn tressaillit. La réaction de Paris Apollo n'aurait pas dû la surprendre ni même la faire souffrir, mais c'était pourtant le cas.

— Je n'ai aucune envie de suivre ces instructions.

Angelique se leva et lui adressa un sourire.

— Je suis d'accord avec vous. Comme vous le savez peut-être, je suis la marraine du roi, continua-t-elle après un instant.

— Je l'ignorais, mais ça semble logique. Je ne vois pas qui d'autre aurait pu nous surveiller aussi longtemps sans intervenir, Troy et moi.

— La reine Neme était ma meilleure amie, avoua-t-elle, ses yeux brillant d'émotion. Tout le monde a été surpris que le roi Aether tombe sous son charme. Enfin, tout le monde sauf moi. C'était une femme incroyable qui rendait le monde meilleur. Elle était... radieuse. Je regrette chaque jour qu'elle nous ait quittés si tôt.

— J'aurais aimé la rencontrer, et j'aurais aimé que mon fils connaisse sa grand-mère.

Angelique tourna la tête, et Madelyn suivit son regard jusqu'à une photographie montrant deux jeunes filles, l'une riant aux éclats et l'autre affichant une expression plus sérieuse.

— Neme et le roi s'aimaient profondément, soupira-t-elle, mais elle avait décidé de le quitter.

Madelyn qui aurait dû se précipiter à la suite de Paris Apollo ne pouvait se résoudre à partir. Elle avait besoin de connaître la fin de l'histoire.

— Pourquoi ?

— Parce qu'il était le roi d'Ilonia, répondit-elle simplement. Il avait besoin d'un héritier, et elle avait fait trop de fausses couches. Elle l'aimait tellement qu'elle était prête à renoncer à lui pour qu'il puisse accomplir son devoir.

Le cœur de Madelyn se serra même si elle savait qu'ils ne s'étaient pas séparés.

— Je suppose qu'il l'aimait tant qu'il a réussi à la convaincre que rien n'avait de sens sans elle, murmura-t-elle, les yeux toujours rivés sur le cliché.

Les anciens souverains d'Ilonia n'étaient pas les protagonistes d'un conte de fées censés enchanter le peuple. Ils étaient des êtres de chair et de sang qui avaient traversé de nombreuses épreuves et en étaient ressortis plus forts parce qu'ils s'aimaient.

Comme si elle lisait ses pensées, Angelique lui prit la main.

— L'amour est toujours la réponse. Je ne sais pas ce que vous a dit mon filleul, mais je n'ai jamais cessé de le surveiller. Ses parents ont préféré fermer les yeux sur ses frasques, mais ce n'est pas mon cas. Je sais qui il aime, poursuivit-elle en serrant doucement ses doigts. Je sais qui il a toujours aimé.

— Tant mieux, rétorqua Madelyn, la gorge nouée par l'émotion, parce que moi aussi.

Quelques minutes plus tard, une voiture l'emmena au ferry, puis enfin, sur la montagne.

Remerciant le chauffeur, elle s'engagea sur le sentier étroit d'un pas décidé. Cette fois, elle n'avait pas peur de tomber dans le vide ou de lui faire face, car elle avait quelque chose à prouver. Leur histoire ne pouvait pas s'arrêter ainsi. C'était impossible.

Arrivée devant le portail, elle craignit un instant qu'il soit verrouillé, mais il lui suffit de le pousser pour se retrouver dans la cour.

Cette fois, Paris Apollo ne vint pas à sa rencontre, et elle s'engagea dans l'escalier en spirale pour atteindre une immense porte en chêne.

Tournant la poignée, elle ne put retenir une exclamation de surprise en découvrant qu'elle se trouvait à l'intérieur d'un véritable centre de commandement.

Un mur entier était couvert d'écran et d'ordinateurs dernier cri tandis que des machines d'exercices divers avaient été installées à côté d'un mur d'escalade taillé dans la roche.

Une immense fenêtre offrait une vue parfaite sur le palais et les autres îles de l'archipel d'Ilonia. Et au centre de la pièce se tenait Paris Apollo, les yeux assombris par la colère.

Il était à moitié nu, et malgré ce qui s'était passé entre eux sur la plage, une vague de désir monta en elle lui donnant envie de caresser ce torse musclé qu'elle avait exploré de si nombreuses fois quand ils faisaient l'amour.

Il était toujours l'homme le plus séduisant, le plus sexy et le plus viril qu'elle ait jamais rencontré. Et il resterait toujours le seul et unique amour de sa vie.

Malgré elle, ses yeux se remplirent de larmes. Il était tellement aveuglé par la culpabilité qu'il ne voyait pas combien il souffrait et combien il était seul.

Comblant la distance qui les séparait, elle prit son visage entre ses mains.

— Madelyn, grogna-t-il aussitôt comme un avertissement.

— Paris Apollo, ils n'auraient jamais exigé un tel sacrifice de ta part, murmura-t-elle. Tu devrais le savoir, tu es père à présent.

Il se tendit, mais elle ne le relâcha pas.

— Réfléchis ! C'est comme ça que tu veux que ton fils te pleure s'il t'arrivait quelque chose ? C'est cette leçon que tu veux lui apprendre ?

11

À ces mots, la colère et la rage qui ne l'avaient pas quitté depuis près de deux ans disparurent.

Madelyn avait raison. Ses parents n'auraient pas voulu qu'il agisse ainsi. Ils se seraient réjouis d'avoir l'occasion de jouer et de rire avec leur petit-fils, et ils auraient adoré Madelyn autant qu'il l'aimait, car ils ne voulaient que son bonheur.

Posant ses mains sur les siennes, il soupira.

— Je ne sais pas ce que je dois faire.

— Tu n'es pas le seul, affirma-t-elle, ses magnifiques yeux gris le contemplant comme s'il était cet homme merveilleux qu'elle lui avait décrit la veille sur la plage. La majorité des gens se contentent de faire de leur mieux en espérant que tout ira bien.

— Je vous ai déçus, affirma-t-il d'une voix rauque. Mes parents, mon peuple, toi… Et je sais que je vous décevrai encore, Troy et toi…

— Tu n'es pas le premier ni le dernier à commettre une erreur, le coupa-t-elle. Ça fait partie de la vie. Ce qui compte, c'est ce que tu vas faire ensuite. Ce qui compte, c'est que tu essaies de la rectifier et d'en réparer les dégâts.

Paris Apollo ne s'était jamais senti aussi perdu de toute son existence. Il se tenait dans la salle où il s'était entraîné et où il avait laissé éclater sa rage et sa douleur durant deux ans, la salle dans laquelle il avait cru sombrer dans les ténèbres jusqu'à ce que Madelyn le ramène dans la lumière.

Ne supportant plus la distance qui les séparait, il l'embrassa avec une passion renouvelée avant de la déshabiller.

Elle le laissa faire, répondant à sa caresse avec empressement, et il eut l'impression que son cœur allait exploser quand elle lui adressa un sourire lumineux.

Il lui avait fait l'amour des dizaines de fois depuis son arrivée au palais. Il connaissait son corps mieux que personne et, pourtant, il avait l'impression que c'était leur première fois.

La couvrant de baisers, il la goûta encore et encore, jusqu'à ce qu'elle gémisse en disant son nom. Puis il la pénétra, s'émerveillant de la façon dont elle se donnait à lui, corps et âme.

— Je t'aime, dit-il, prononçant ces mots à haute voix pour la première fois. Tu as changé ma vie, tu m'as changé quand on s'est rencontrés à Cambridge. Et quand tu es partie, j'ai cru que l'univers s'écroulait. Si j'avais su que tu étais revenue ce jour-là, je ne t'aurais pas laissée m'échapper.

— Je t'aime aussi, déclara-t-elle avec un sourire. Je t'ai toujours aimé.

Posant la main sur son ventre, il reprit :

— Je regrette tant de ne pas avoir été là pour voir ton corps changer. J'aurais dû être à tes côtés pour te soutenir et t'encourager.

Madelyn murmura son nom et se pressa contre lui, et il savoura la chaleur de son corps contre le sien.

— Je crois que c'était plus facile de planifier ma vengeance que de te parler ainsi, avoua-t-il en plongeant son regard dans le sien. Mes parents s'aimaient énormément, mais je me croyais incapable d'éprouver de tels sentiments un jour... jusqu'à ce que nos regards se croisent dans ce *pub*.

— Je m'en souviens, dit-elle, son sourire s'élargissant, et je ne comprends pas comment tu as pu essayer de le nier.

— Je voulais me convaincre que je pouvais t'oublier sinon je n'aurais pas supporté ton départ. J'aurais dû admettre que ces sentiments ne me quitteraient jamais et que je t'aimerais toujours.

— N'est-ce pas le cas ? s'enquit-elle d'un air mutin.

Déposant une pluie de baisers dans son cou, il reprit ses lèvres.

— Je suis prêt à me montrer vulnérable devant toi, Madelyn, et à exposer mes faiblesses. Je te donnerai tout ce dont tu as besoin, tout ce dont tu rêves, promit-il avec sincérité.

— Et j'en ferai autant, dit-elle en se frottant les yeux. Je te promets que je ne laisserai plus qui que ce soit nous séparer. Je te ferai confiance et je ne traiterai jamais notre fils de la façon dont mes parents m'ont traitée. Je veux qu'il soit heureux, affirma-t-elle avec force. Et je refuse qu'il doute de notre amour.

— Bien sûr qu'il sera heureux.

— Et je veux qu'il soit notre premier, continua-t-elle en remuant les hanches, lui arrachant un grognement de plaisir, car j'en veux d'autres.

Le souffle de Paris Apollo se bloqua dans sa gorge.

Deux ans plus tôt, il avait perdu les deux personnes comptant le plus à ses yeux, et Madelyn venait de lui offrir une famille. Son seul regret était que ses parents ne sauraient jamais que leur plus grand rêve s'était réalisé.

— Je n'arrive pas à croire que j'ai autant de chance, mais je te promets que je vais faire tout ce que je peux pour te rendre heureuse pour le restant de nos jours.

Prenant ses lèvres de nouveau, il l'emmena vers la jouissance jusqu'à ce qu'ils atteignent tous les deux la lumière.

12

— Vous n'habitez pas en Californie, déclara Troy en rencontrant ses grands-parents le jour du mariage. Sinon, vous seriez venus nous voir plus tôt.

— La vérité sort de la bouche des enfants, murmura Paris Apollo, amusé de voir leur visage s'empourprer.

— Merci d'être venus, déclara Madelyn avec un sourire. Ça signifie beaucoup pour moi.

Leur tournant le dos, Madelyn prit Troy par la main, et Paris Apollo vint glisser un bras autour de sa taille.

Il n'avait jamais été aussi heureux. Non seulement il avait épousé la seule femme qu'il ait jamais aimée, mais il avait également fait la paix avec son passé.

La justice avait d'ailleurs fait son œuvre, et son cousin avait été condamné pour le meurtre du roi Aether et de la reine Neme.

L'avenir s'annonçait radieux. Madelyn semblait parfaitement à l'aise dans son rôle de reine et lui avait même annoncé son intention de faire construire un refuge pour mères célibataires.

Quant à lui, il travaillait d'arrache-pied pour devenir le roi que son peuple méritait, celui que ses parents avaient toujours vu en lui, celui qu'ils auraient voulu qu'il devienne.

Pour autant, il ne négligeait pas ses responsabilités de mari et de père. Il avait fait une promesse à Madelyn et il comptait bien la tenir... d'autant que leur famille allait bientôt s'agrandir.

— Tu vas devoir m'aider, dit-il à Troy. Je compte sur toi.

— Ce ne sera pas facile, l'avertit le petit garçon, mais on va y arriver.

Paris Apollo adressa un sourire lumineux à son fils. Il avait raté les premières années de sa vie, mais il était déterminé à se rattraper et à être le père qu'il méritait.

Leur bonheur grandit encore lorsque leur fille vint au monde neuf mois plus tard.

— Dire que j'aurais pu manquer ça, commenta-t-il, les yeux humides en observant le nouveau-né dormir dans les bras de sa mère.

— J'ai gravi une montagne pour toi... Deux fois, lui rappela Madelyn, lui adressant un magnifique sourire.

Prenant ses lèvres, il lui sourit à son tour. Il n'y avait plus ni obscurité ni colère dans son cœur. Il n'y avait plus que l'amour qui l'unissait à Madelyn et à leurs enfants.

Un amour intense, puissant et incroyable qui entra dans l'histoire en même temps que la légende du roi Paris Apollo et de sa reine qui vécurent comme ils l'entendaient tout en amenant joie et prospérité dans leur royaume.